영릉에서

영릉에서 박솔뫼 소설집 민음사

차례

원준이와 정목이 영릉에서   7

리처드 브라우티건 스파게티   37

천사가 우리에게 나타날 때   67

극동의 여자 친구들   99

만나게 되면 알게 될 거야   135

아오모리에서   169

스칸디나비아 클럽에서   199

투 오브 어스   227

작가의 말   257

원준이와 정욱이 옆들에서

해장국집 아주머니가 원준이에게 보리차가 든 컵을 건넸다. 원준이는 조심스럽게 컵을 받아 시원한 보리차를 마셨다. 아주머니는 어디서부터 걸어왔느냐고 물었다. 원준이는 계곡에서부터 걷다가 중간에 히치하이킹을 해서 영릉 근처까지 차를 얻어 타고 왔다고 했다. 아주머니는 왜 계곡에서부터 걸어오게 되었는지 계곡에는 뭐를 타고 갔는지 물었는데 원준이는 목이 말라 물을 더 마시고 숨을 고른 후 이야기를 하기 시작했다.

  원준이가 물을 마시는 사이 아주머니는 부엌으로 가

참외를 가지고 오셨다. 아주머니는 원준이의 이야기를 들으며 참외를 깎아 주셨다. 아주머니는 참외를 먹고 원준이에게도 먹으라고 건네주었다. 아주머니가 원준이에게 가게에 들어오라고 한 것은 조금 앉아서 쉬고 가라고 한 것은 원준이가 가게 앞에서 지친 얼굴로 앉아 있었기 때문이었다. 덥고 지치고 조금 졸린 열두 살쯤 되어 보이는 까맣고 마른 원준이. 어떻게 집에 돌아갈지 막막해 보이는 원준이. 그런데 원준이는 아주머니의 걱정과는 다르게 괴롭거나 힘들지 않았다. 원준이는 편안한 마음으로 별다른 걱정과 불안 없이 걷다 쉬다 다시 천천히 걷고 또 걸어서 이곳까지 왔다. 원준이는 아주머니에게 친구와 친구 아버지와 계곡에 낚시를 하러 갔었다고 이야기를 하기 시작하였다.

정목이는 원준이에게 전화를 걸어 같이 계곡에 가서 낚시를 하자고 하였다. 원준이는 좋다고 하였다. 하늘은 파랗고 구름은 하얗고 각각이 선명한 색이었다. 원준이는 그 색들을 팔레트에서 물감으로 만들 수 있었다. 어떤 색이었는지 물감들 사이에서 고를 수 있고 고를 수 없다면 물감들을 섞어서 만들 수 있었다. 파란색이 어떤 파란색인지 그것이 어제 하늘의 색과 어떻게 다른지 설명할 수도 있었다. 정목이의 아버지는 세탁소를 했다. 원준이는 예전에 엄마의 심부름으로 옷을 맡기러 정목이의 아버지가 하는 세탁소에 가 본 적이 있었다. 그때 세탁소의 냄새는 그리고 지금 구름과 햇빛의 냄새는. 원준이와 정목이는 정목이 아버지의 다마스를 타고 계곡으로 향했다. 선명한 햇볕이 창으로 쏟아지고 팔은 조금 따가웠다. 정목이의 아버지는 듣는 것과 말하는 데에 어려움이 있었다. 정목이와 원준이는 조금씩 떠들다가 잠이 들었다.

낚시를 하면? 물고기를 잡는 거지? 물고기를 잡으면? 낚싯바늘을 빼고 토막을 내서 그것을 먹는 거지? 물고기에게는 피가 나온다. 원준이는 눈이 보이고 입을 뻐끔거리는 물고기를 가까이서 보는 것은 무섭고 싫었는데 그래도 계곡에 가는 것은 좋았고 물소리를 듣고 나무를 보는 것이 좋았다. 낚시는 구경만 하고 돌 위에 누워 있을 테다. 눈을 감으면 눈을 감았다 떴다 하는 물고기들이 점점 커져서 원준이를 쳐다보고 원준이는 고개를 돌리고 돌리고 또 돌리고 주변의 세계를 여러 번 돌리고 스스로 몸도 몇 번 돌려서 그곳을 빠져나왔다. 뭔가를 주울 수도 있다. 다슬기를? 다슬기를 주울 수 있다. 그리고 우렁이를? 가재를? 돌과 장수하늘소를 솔방울을. 열쇠고리를 반지를.

떠다니고 울리고 쏟아지는 소리들. 물 흐르는 소리 발이 돌을 밟는 소리 바람이 나뭇잎을 지나는 소리 매미 매미가 울고 그런데 원준이도 정목이도 말수가 적었다. 둘은 조금 떠들다 잠이 들었고 잠에서 깨니 다마스는 이미 계곡 입구에 멈춰 있었다. 둘은 다 왔다고 조용히 터뜨리듯 말하고 할 일이 있을지 살폈다. 정목이 아버지는 짐을 내리고 있었다. 원준이와 정목이도 일어나 의자와 손잡이가 달린 양동이를 챙겼다. 혹시 몰라 입고 온 잠바를 차에 놓고 운동화도 벗어 두고 양말도 벗어 운동화 안에 두었다. 낚싯대는 정목이 아버지가 들었다. 각자 챙길 것을 챙기고 정목이는 아버지를 따라가다가 아버지의 팔을 치고 얼마나 걸어야 하는지 묻고 정목이 아버지는 손짓으로 말하고 눈앞으로 난 길을 가리켰다. 원준이는 나무의 색깔이 예쁘다고 생각했고 고동색 등껍질을 가진 벌레가 나무 위로 올라가고 있었다. 벌레는 잠시 멈춰

서 원준이를 보다가 다시 올라갔다. 벌레는 잠시 멈췄다가 다시 올라가고 또 한 번 멈추었다. 그런데 말이야. 무슨 벌레기에 벌레의 시선을 느끼니? 벌레는 더듬이만 움직인다. 원준이는 벌레가 자신을 보는 것도 알고 벌레는 더듬이만 움직이는 것도 알고 있었다.

정목이 아버지 정목이 원준이가 계곡을 향해 걸었다. 정목이 아버지가 성큼성큼 앞서 걸었고 정목이 아버지의 뒤를 정목이와 원준이가 나란히 따라 걸었다. 그런데 그 뒤를 따르는 것은? 정목이와 원준이가 정목이 아버지를 따르는 것처럼 정목이와 원준이를 따르는 것이 있었는데. 뒤를 돌아보면 알 수 있겠지만 뒤를 돌아보지 않았다. 햇빛과 선명한 파란색의 하늘은 그대로이고 그것은 어느 다른 날의 햇빛과 하늘과 구름과 같다. 그 뒤를 따르는 것은. 어느 날은 뒤를 돌아보았는데 그날은 뒤를 돌아보지 않았다.

20분쯤 걸어 계곡에 도착했다. 세 사람이 걸었던 시간은 20분쯤이 맞을까 귀를 채우는 물소리 물이 돌을 지나는 소리 선명한 나뭇잎 색 그 사이로 햇볕이 있다. 얇고 가늘게 지나가는데 어떤 곳에서는 넓고 선명하게 펼쳐진다. 왜 잠자리가 날아갈까 지금은 가을이 아니고 초여름이다. 소리가 가득한 곳으로 소리가 소나기처럼 쏟아지는 곳으로 점점 더 들어가는데 시끄럽다는 생각은 들지 않고 조용한 곳으로 점점 더 조용한 곳으로 향하는 기분이 들었다. 정목이가 원준이를 보고 한 번 웃었다. 정목이가 신나서 갑자기 막 뛰었다. 그리고 다시 걸었다. 차에서 내릴 때부터 계곡 가는 일에 들뜨고 신난 정목이의 뒤를 얇고 가는 바람이 따라갔다. 정목이의 아버지는 짐을 내려놓고 혼자서 더 멀리로 가 자리를 잡았다. 정목이와 원준이는 바위가 넓고 물이 무릎 정도 오는 곳에 앉았다. 고개를 돌려 앞을 보았을 때 정목이의 아버지가 입은 하늘색 티셔츠가 멀리 동전 크기로 보였고 원준이는 그것이 어딘가에 맺힌 빛처럼 보였다. 물방울 위로 빛이 지나가고 그것이 반사되어 흰 벽에 비친 하늘색 빛.

물은 차갑고 기분 좋게 시원했다. 몇 걸음 더 옮기자 물은 힘차게 쏟아지고 가까운 물소리 먼 물소리 함께 들렸다. 돌을 들추니 가재가 나왔다. 정목이와 원준이는 가재를 잡고 가재를 보고 손 위에 올려서 가재가 움직이는 것을 좀 더 보다가 놓아주고 또 다시 돌을 들추어 가재를 잡고 가재를 가지고 놀다가 정목이는 뭐가 있는지 보고 온다고 아버지가 갔던 곳의 왼쪽으로 아버지 같은 걸음걸이로 성큼성큼 걸어갔다. 원준이는 넓은 바위 위에 누워서 쏟아지는 소리들을 들었다. 크고 까만 개미들이 바위 위 흙과 풀 사이를 지나갔다. 개미들은 자기들끼리 뭐라고 뭐라고 계속 말을 하며 지나갔다. 뭐라고? 뭐라고 했지?

정목이는 웃으며 돌아와 똑같다고 말했다. 저기도 똑같애. 여기랑 똑같애. 정목이는 원준이와 떨어져 좀 더 넓은 바위에 가 누웠다. 한참을 누워 있던 그런데 한참이었을까 두 사람은 다시 물속에 뭐가 있나 돌들을 뒤집어 보고 풀을 꺾고 풀을 계곡에 버렸다. 정목이는 아버지에게 다녀오겠다고 했다. 동전 크기의 하늘색 빛 흔들리는 빛을 생각했다. 원준이가 이전에 정목이 아버지가 걸어갔던 방향으로 고개를 돌렸을 때 하늘색 빛은 이제 사라지고 없었고 정목이가 그 방향으로 성큼성큼 걸어가고 있었다. 정목이는 흰 티셔츠를 입고 있었다. 정목이의 뒤를 따르는 것은 희고 큰 빛의 반짝임이었다. 말을 하던 개미들은 모두 사라지고 없었다. 개미들은 과자 부스러기를 옮기고 있지 않았다. 차도나 길가에서 보이는 개미들은 늘 흰 점 같은 부스러기를 바쁘게 옮기고 있었다. 방금 본 개미들은 아무것도 옮기고 있지 않았다. 크고 완전히 검정색인 개미들이었다. 원준이는 일어나 나무를 만져 보았다. 나무를 만진 손에서는 이끼 냄새 같은 것이 희미하게 났다. 나무껍질을 벗겨 보았다. 하나 더 벗겼다. 원준이는 껍질을 만지작거리고 바닥에 긁어 보다가 버렸다. 하나는 멀리 던졌다. 가벼운 나무껍질은 떨어질 때 아무런 소리가 나지 않았다. 원준이는 귀를 기울였으나 소리는 들리지 않았다. 한 번 더 던지고 다시 한 번 더 던졌을 때 나무껍질이 떨어지는 소리를 들을 수 있었다.

아버지가 갔어.
갔다고?
응 집에 갔어.

원준이와 정목이는 바위에서 좀 더 쉬면서 물 묻은 발을 말렸다. 바위에 두 사람의 발자국이 찍혔다 사라졌다. 물기가 남긴 흔적은 금방 사라졌다. 발을 말리고 처음 이곳으로 들어왔을 때 들리던 온몸으로 쏟아지던 소리들을 떠올렸다. 그 소리들은 변함이 없었으나 어느새 그 소리가 전혀 들리지 않는 것처럼 그러나 떠올리면 여전한 소리로 쏟아지고 있었다. 발이 마른 원준이와 정목이는 다시 차를 주차한 곳을 향해 걸었다. 정목이는 가끔 아버지가 급한 일이나 할 일이 생각날 때면 말을 하지 않고 먼저 간다고 말했다. 설명을 하려면 사람들을 붙잡고 종이에 쓰거나 수화를 해야 하는데 그러기 전에 간다고 했다. 살펴보아도 정목이네 차는 없었고 정목이와 원준이는 왔던 방향으로 걷기 시작했다. 발등 위로 여전한 햇볕이 쏟아졌고 원준이는 발등이 따뜻하다고 생각했다. 자갈만 한 돌들을 밟으며 걸었다. 정목이와 원준이를 따르는 것은 어떤 공기와 바람들. 그 뒤를 따르는 것은? 무엇이지? 그 뒤를 따르는 것은. 그런데 너는 어디서 왔니 등이 검고 배가 하얀 고양이가 두 사람에게 비키라는 듯이 빠르게 둘을 가로질러 다다다닷 지나갔다. 그 뒤를 따르는 것은 고양이.

고양이.
아 고양이다.
고양이 지나갔다.

 원준이와 정목이는 고양이 고양이다 외치듯 주고받았다. 고양이는 금세 갈 길을 갔다. 두 사람은 걷다가 보이는 차들을 향해 손을 흔들었다. 한두 번 손을 흔들어 보았지만 잡히지 않아 자리에 앉아 잠시 쉬었다. 정목이는 배고프다고 말했다. 원준이는 아침에 과자를 많이 먹었지? 왜 과자를 많이 먹었지? 아침을 먹고 칸쵸를 먹고 감자깡을 먹어서 정목이를 만나서도 배가 안 고팠다. 그런데 곧 배가 고플 것이다. 고개를 돌리자 저 아래로 아까 그 고양이가 두 사람을 돌아보았고 아 고양이 아까 그 고양이 외치자 다시 고개를 돌려 자기 갈 길을 갔다. 고양이를 따르는 것은 고양이의 길 고양이의 갈 길이었다. 배가 고프다던 정목이가 가볍게 풀썩 하고 앉는 것이 아니라 풀썩 하고 가볍게 일어나 다시 손을 흔들었고 오래된 회색 승용차를 운전하는 아저씨가 둘 앞에 멈춰 타라고 하였다.

영릉까지밖에 안 가는데.
영릉 좋아요.

고맙습니다 말하며 둘은 뒷좌석에 나란히 앉는다. 아저씨도 말이 없고 한동안 차 안은 조용했는데 정목이가 나서서 계곡에 놀러갔다가 돌아오는 차가 없어서 걷고 있었다고 말했다. 저희는 같은 반이에요. 여러 가지 것을 설명하였다. 아저씨는 계곡은 지금 안 가면 장마가 오니까 지금 가는 편이 낫고 지금 가서 노는 게 좋다고 말했다. 정목이의 발바닥에는 작은 자갈이 박혀 있었다. 너희는 초등학생이니. 아니요 중학생이요. 중학교 1학년이에요. 작아서 초등학생들인 줄 알았다. 영릉은 세종대왕릉이다. 원준이와 정목이는 영릉에 자주 갔다. 지나가면서 영릉을 많이 보았다. 봄에 영릉에 가면 넓고 환해서 원준이는 영릉을 좋아했다. 마음이 편안해지는 곳이었다. 영릉에 들어가면 입구 근처의 연못에 사는 잉어들이 먹이를 먹는 모습을 무섭도록 힘차게 움직이는 장면을 보았다. 정목이 아버지는 낚시를 해서 물고기를 잡았을까 정목이는 집에 가서 아저씨가 잡은 물고기로 끓인 매운탕을 먹게 될까 우리가 어디까지 했고 어디서부터는 하지 않았을까 하지 못한 것일까 아니면 시작한 적도 없고 정말로 아무것도 한 것이 하고자 한 것이 없는 것일까 어쩌면 정목이 아버지는 어디까지는 했는데 우리는 하지 않은 것일까 생각했다. 하지 않은 것 하지 못한 것 언제 시작되었는지 모르는 것은 함께한다 언제나.

정목이는 영릉에 도착하기 전에 그 근처에서 먼저 내려서 가겠다고 말했다. 야 내가 운동화랑 갖다 줄게 내일. 정목이는 내리면서 말했다. 뒤돌아서 걷는 정목이보다 승용차가 먼저 사라지고 아저씨는 눈이 부신지 선글라스를 셔츠 포켓에서 꺼내 썼다. 회색 승용차 아저씨는 영릉에서 원준이를 마저 내려 주었다.

나는 영릉에서 약속이 있어서.

원준이는 고개를 숙여 인사를 하고 영릉 안으로 사라

지는 검은색 셔츠를 입은 아저씨의 등을 보았다. 영릉에서 약속을 하고 사람들을 만나기도 하는구나. 아저씨의 등은 검은 작은 점이 되어 사라져 갔다. 영릉에서 약속이 있는 아저씨는 영릉으로 사람을 만나러 갔다. 그곳에는 세종대왕릉이 있고 잉어가 있고 영릉에 가는 사람들은 그것을 보았다. 원준이는 늘 영릉이 좋았고 이번에도 영릉에 가고 싶었으나 왠지 바로 집으로 가야 할 것 같아 읍내 방향으로 걸었다. 그보다는 영릉으로 바로 들어가면 아저씨를 쫓아가는 것 같았기 때문에 그런 이유로 오늘은 영릉으로 가지 않고 집으로 향했다. 검은색 셔츠를 입은 아저씨는 갈색 자켓을 입은 여자를 만나 영릉을 걸었다. 영릉은 언제나처럼 아름다웠고 푸른 잔디 위로 해가 비추었다. 그래서 능을 보는 이들에게 환하고 차분한 마음을 갖게 하였다.

정말로 명당인 것 같아요.
가장 좋은 곳을 골라서 묻힌 거예요 그러니까. 한국에서 가장 터가 좋은 곳.
여기서 일하면 매일 좋은 곳을 볼 수 있겠네요.
그렇겠죠. 일을 하면 또 이렇게 가끔 오는 거랑 다를

거예요 그런데.

 두 사람은 멀리 보이는 능을 보며 이곳은 언제 제초를 하고 풀을 다듬을까. 매일 누군가가 돌보겠지 생각했다. 풀은 신선하고 생생한 녹색이었고 건강해 보이면서도 가지런히 다듬어져 있었다. 하늘은 선명한 파란색이고 구름은 선명한 흰색. 그 아래 능의 풀색은 짙은 연두색이었다. 햇볕은 보자기처럼 능 위로 펼쳐졌다. 가장 좋은 곳 왕은 가장 좋은 곳에 묻혔다. 당연한 이야기처럼 여겨졌지만 잠깐 달리 생각하면 가장 좋은 곳이 누군가의 무덤으로 쓰인다는 사실은 아무래도 조금 이상한 것 같기도 했다. 가장 좋은 곳에는 사람들이 오갈 수 있거나 누군가가 살 수 있어야 하지 않을까. 그렇다면 영릉은 가장 좋은 곳은 아니고 꽤 좋은 곳 정도일까 아니 정말로 가장 좋은 곳에 왕은 묻힌 걸까 생각하며 두 사람은 먹이를 사서 잉어에게 주었다. 잉어들은 기다렸다는 듯이 몰려들었다. 물비린내를 풍기며 무섭도록 생생하고 힘찬 움직임을 하는 잉어들을 보다가 고개를 돌리다가 남은 먹이를 다 던져 주고 둘은 다시 능을 향해 걸었다.

여기 서 보세요.

 남자는 여자를 붉은 기둥 옆에 서 보라고 하고 사진을 찍어 준다. 여자도 남자를 찍어 주고 둘은 천천히 능을 향해 이곳에는 왕의 능과 왕후의 능과 왕과 왕후가 함께 묻힌 능이 있다. 능을 향해 걸었다. 영릉은 그곳에 무엇이 있나 확인만 하듯 본다면 금세 다 봐 버릴 수 있지만 천천히 있고자 한다면 아주 오래 햇볕이 쨍쨍하다고 느끼다가 지는 해에 놀라며 조금 쌀쌀하다고 느낄 때까지 아주 오래 그곳에 있을 수 있다. 남자와 여자는 천천히 능 앞으로 가 자신들의 이야기를 하고 능과 능 사이 난 길을 나무 냄새를 맡으며 걸을 것이다. 그리고 나중에는 김치 만두를 먹으러 가기로 했다.

 정목이는 이모네로 가서 벨을 눌렀다. 이모는 기다렸다는 듯이 바로 나와 문을 열어 주었다. 어머 혼자 왔어? 맨발이네. 정목이는 발을 닦고 이모가 주는 주스를 마시고 소파에서 텔레비전을 보다가 잠이 들었다. 소파 위에 눕자 스위치를 누른 듯 깊은 잠에 빠져들어 작게 코를 골며 잠을 자는 정목이. 잠에서 깨어 사촌들과 피자를 시켜 먹고 이모가 운전하는 차를 타고 집으로 돌아왔다. 정목이는 집에 들어가 씻고 다시 잠을 잤다. 침대로 들어가 작은 몸을 이불 안으로 쏙 집어넣고 깊은 잠에 빠져들었다. 정목이는 저녁에 엄마가 돌아오기 전까지 깨지 않고 코를 골며 잠을 잤다.

원준이는 영릉을 지나 조금 더 걷다가 초여름의 햇빛은 선명한 그늘을 만들고 선명한 그늘과 선명한 햇빛. 선명한 그늘 아래를 걷다 왠지 졸려서 해장국집 앞에 앉아 졸았다. 잠깐이지만 앉아서 고개를 숙이자 금세 잠이 들었고 잠이 들기 직전 오늘 하루의 시작이 떠올랐다. 아침에 과자를 먹었던 것이 아주 먼일처럼 느껴졌다. 원준이가 먹었던 것은 양배추와 쌈장과 고등어와 밥 그리고 김치와 멸치볶음. 사이다를 마시며 칸쵸와 감자깡도 먹었다. 원준이는 맨발로 앉아 고개를 묻고 졸았다. 벽에 기대어 완전히 잠이 들었다. 차가 지나가는 소리에 화들짝 깨어 다시 고개를 들고 앉았을 때 점심시간이 지나 한가해진 해장국집 아주머니가 원준이를 보고 있었다. 눈앞으로는 잠자리가 날아갔다. 어째서 여름에 잠자리가? 잠자리는 지나가며 자신이 할 말을 한다. 지금이 내가 사는 때야. 아주머니는 원준이를 보다가 손짓으로 들어오라고 하였다. 원준이는 괜찮다고 하였다. 아주머니는 얼른 들어와 말했다. 원준이가 들어가자 식당에는 구석에서 해장국을 먹고 있는 아저씨가 보였다. 아주머니는 선풍기 옆 텔레비전 아래 자리를 가리키며 원준이에게 앉으라고 의자를 빼 주었다. 원준이는 앉았고 아직 잠이 덜 깬 느낌이었다. 눈을 간신히 뜨고 있는 원준이. 아주머니는 원준이에게 물을 주었다.

더 자.

원준이는 물을 벌컥벌컥 다 마시고 식당 테이블에 고개를 묻고 잠이 들었다. 텔레비전에서는 노래자랑 프로그램을 재방송하고 있었다. 원준이는 한참을 잤다. 입에서 침이 흘렀다. 한참은 어느 정도일까 아마도 30분이 넘었을 것이다. 원준이는 잠에서 깨어나 컵에 남은 물을 마셨다. 부은 눈을 껌벅이고 이제 집을 향해 다시 걸어가야겠다고 생각했다. 아주머니는 시원한 보리차를 한 잔 더 따라 주었다. 원준이는 보리차도 받아 마셨다. 왜 맨발이니? 원준이는 친구와 친구의 아버지와 계곡에 갔었다고 말했다.

계곡에서 놀다가요.
응 잃어버렸어?

아주머니는 뒤돌아서 주방으로 가 참외를 씻어 왔다. 참외를 깎아 먹으며 원준이에게도 참외를 주었다. 그리고 바구니에 든 호박엿을 가져와 원준이에게 주었다. 원준이는 참외도 먹고 보리차를 마시며 호박엿도 먹었다. 해장국을 먹던 아저씨는 소주를 마시고 있었다. 아주머니는 종이컵에 커피를 두 잔 타서 소주를 마시는 아저씨에게도 주고 자기도 마셨다. 아저씨는 소주를 마시다 커피를 마셨다. 그러고는 여기 계산 하고 계산을 하고 나갔다. 아주머니는 계산을 하고 돌아와 다시 원준이 앞에 앉았다. 아주머니는 원준이에게 집에 어떻게 가느냐고 물었다. 원준이는 조금만 더 걸어가면 된다고 했다.

집이 어디야?

터미널 쪽이에요.

30분은 걷겠네.

아주머니는 주방에 놓인 앞이 막힌 슬리퍼를 주면서 신고 가라고 하였다. 원준이는 괜찮다고 하였고 두 번 더 거절하였지만 받아서 신고 나왔다. 주머니에는 아주머니가 챙겨 준 호박엿이 있었고 손에는 참외 두 조각이 있었다. 원준이는 슬리퍼를 신고 걸었다. 원준이의 뒤를 슬리퍼 소리가 따랐다. 단 것을 먹은 원준이 아침에 과자를 먹고 낮에 호박엿을 먹은 원준이. 손에 든 참외 두 조각을 방금 다 먹은 원준이. 원준이는 집을 향해 슬리퍼를 신고 걸었다. 걸으면서 계곡에서 본 것들을 생각했다. 비가 오면 곧 비가 오기 시작하면 계곡은 위험하다. 계곡에 가려면 지금 가서 놀아야 해. 그 말을 한 사람은 검은색 점으로 멀어져 갔다. 귓가에 물소리와 물이 돌을 지나는 소리 매미 소리가 기억 어딘가를 누르면 다시 들렸다. 아직 눈을 감고 집중을 하면 떠올릴 수 있는 소리들이었다. 물이 쏟아지는 소리. 물이 돌과 바위 사이를 지나고 바람이 나무 사이를 지나가는 소리.

 한참을 걸어 원준이는 집에 도착했다. 집에 도착하니 아무도 없었다. 원준이는 화분 밑에서 열쇠를 꺼내 문을 열고 집 안으로 들어갔다. 집 안은 어두웠고 냉장고 돌아가는 소리와 방 밑을 흐르는 낮고 무언가가 울리는 소리. 원준이는 문을 잠그고 불도 켜지 않고 신발을 신은 채로 바로 바닥에 누웠다. 잠시 잠이 들었는데 짧은 시간이었지만 꿈을 꾸었고 꿈에서도 원준이는 영릉을 향해 그곳은 원준이가 아는 영릉과 다른 곳이었지만 기차를 타고 영릉으로 향하고 기차역의 이름도 영릉이었다. 금세 잠에서 깨 일어나 불을 켰다. 발을 닦고 옷을 벗고 침대로 가 잠이 들었다. 이불도 덮지 않고 침대 위에 던져진 것처럼 그대로 누워 잠이 들었다. 한 시간쯤 지나 배가 고파 잠에서 깨 라면을 끓여 먹었다. 긴 하루였다는 생각이 들었고 그리고 내일은 일요일이다. 내일은 자전거를 타야지.

 원준이는 정목이는 집에 들어갔나 생각했고 영릉에

서 약속이 있다는 검은 셔츠를 입은 아저씨를 잠깐 생각했다.

이거 누구 신발이야?

아버지와 어머니가 장을 봐서 돌아왔다. 계단을 오르는 소리와 비닐봉지 소리가 났다. 원준이는 정목이와 계곡에 간 것부터 다시 이야기를 시작하려다가 그냥 누가 주었다고 말했다. 먹던 라면을 다 먹고 그릇을 치우고 소파로 가 앉아 계곡에 가서 놀았다는 이야기를 시작하였다. 놀다가 정목이 아버지가 먼저 가서 걸어오게 되었다는 이야기도 하고 걸었고 또 걸었다. 걷고 또 걷다가 고양이를 보았고 고양이의 뒤에는 그 뒤에 본 것은 고양이 한 마리지만 또 다른 고양이가 그리고 또 다른 고양이가. 고양이의 뒤를 많은 것들이 따르고 있었다. 잠깐 식당 앞에서 쉬고 있었는데 식당 아주머니가 물을 주고 참외를 주고 저 슬리퍼를 주었어. 그 이야기를 할 때 원준이의 주머니에서 호박엿이 부스럭거렸다. 원준이는 호박엿을 꺼내 엄마에게 내밀었다.

무슨 호박엿이야 놔둬. 밥 먹기 전에 무슨 호박엿이야. 나중에 먹을게.

원준이는 호박엿을 소파 앞 테이블에 올려 두었다.

식당이 어디야?
어 영릉에서 내려오다가 그 어디지.
고마운 분이네. 거기 나중에 가서 먹어야겠네.

원준이는 이제 배가 고프지 않았고 오히려 배가 약간 불렀지만 어머니가 차린 밥을 또 먹었다. 청국장에 밥을 비벼서 먹었다. 배가 부른 채로 소파에 앉아 텔레비전을 보다가 10시가 넘어 씻고 잤다. 일요일에는 오전부터 나가 자전거를 타고 놀았다. 어머니 아버지와 함께 교회에 갔다가 금방 집으로 돌아왔다.

원준이는 자전거를 타고 영릉에 갔다. 영릉 근처에 자전거를 세워 두고 무덤 위 풀이 연두색인 것을 짙은 연두색 초록색인 것을 보았다. 어제의 영릉도 좋았고 오늘의 영릉도 좋으며 풀은 어제도 오늘도 짙은 연두색이지만 어쩐지 어제의 영릉은 모든 것이 선명하다고 느꼈다. 원준이는 그 차이를 팔레트의 물감의 색을 섞어서 보여 줄 수 있었다. 나는 영릉에 약속이 있어서. 어제 만난 아저씨를 떠올리고 그 이야기를 할 때 약간 어색한 표정이었다는 것이 생각나고 집에서 이미 엄마가 신고 있는 앞이 막힌 슬리퍼를 이어서 떠올렸다. 원준이는 잉어 먹이를 사지는 않았고 그냥 서서 연못을 보았다. 잉어들은 원준이가 연못으로 가까이 가자 먹이를 주는 줄 알고 순식간에 여러 마리가 모여 힘차게 뛰어올랐다가 곧 흩어졌다. 원준이는 영릉길을 따라 세종대왕릉을 향해 걸었다. 오늘은 여기에 아무도 없는 것 같아. 이곳을 관리하는 사람들은 새벽같이 이곳을 청소하고 돌보겠지 생각했다. 원준이는 세종대왕릉 앞에서 가만히 앉아 능을 보다가 하늘과 구름의 색이 좋다고 생각하다가 한참을 가만히 앉아 있다가 집으로 자전거를 타고 돌아왔다.

원준이의 잠바와 운동화 그리고 빨아서 말린 양말은 일요일 오후에 정목이가 가져다주었다. 원준이와 정목이는 아이스크림을 먹으며 자전거를 타고 근처를 돌다가 각자의 집으로 돌아갔다. 원준이와 정목이는 아주 가까운 사이는 아니었지만 같은 초등학교를 다녔고 같은 중학교에 배정되어 같은 반이 되었다. 2학년, 3학년 때는 다른 반이 되었고 정목이는 중학교 3학년에 올라가자마자 인천으로 이사를 갔다. 원준이는 1학년 때 같은 반이 된 다른 초등학교 아이들과 2학기부터 친해져서 중학교 3년 내내 그 아이들과 자전거를 타고 놀았다. 매일같이 자전거를 타고 여기저기를 돌아다녔다. 정목이와는 2학년부터는 자주 함께 놀지는 않았다. 정목이도 원준이보다 같은 반 아이들과 더 자주 놀았다.

원준이가 정목이와 계곡에 갔던 이야기를 나에게 해준 것은 그로부터 20여 년이 지난 어느 날이었다. 원준이는 계곡에서부터 맨발로 집에 걸어온 이야기를 하였다. 예전에 맨발로 걸었던 적이 있었는데 날카로운 것이 없어서 그랬겠지만 생각보다 발이 아프지 않고 좋았는데. 그렇게 힘들지는 않고 별생각 없이 편하게 걸었는데.

발이 아프지 않나?
괜찮았는데.

왜 걸어서 간 거야?

그때 정목이라는 친구가 있어서 정목이랑 정목이 아버지랑 걔네 아버지가 운전을 하셔서 계곡에 갔는데……. 발을 다치지 않았다. 맨발로 걸었지만 발을 다치지 않았고 아주 힘든 것도 아니고 그냥 걸었는데 걷다가 차를 얻어 탔고 또 조금 더 걷다가. 그렇게 멀리 걸어서 가야 하는데 무섭지 않았어? 무섭지 않고 그냥 걸었고 안 힘들었어. 집에 와서는 졸려서 한참 잤어. 나는 원준이에게 정목이랑은 이제 안 만나느냐고 물었고 원준이는 정목이가 3학년 때 이사를 갔다고 말했다. 엄마들끼리 친했는데 그때는 정목이네 엄마 또 다들 엄마들끼리 연락하고 지내서. 정목이는 뭐 하고 지내? 궁금하네.

정목이는 근데 고등학교 때 오토바이를 타 가지고 이야기를 듣기로는.

오토바이를 타기 시작한 정목이. 오토바이를 타던 정목이는 그리고. 정목이의 뒤를 따르는 것은 정목이의 뒤를 따르고 이어지던 것은? 계곡을 따라 올라가는 정목이의 뒤를 따르는 것은 얇고 희미한 바람이었는데. 나는 기억이 날 때마다 원준이에게 어떻게 계곡에 가게 되었는지 묻고 원준이는 이 이야기를 흥부 놀부 이야기처럼 여러 번 반복해서 말한다. 제비가 어떻게 박씨를 물고 왔는지 설명하듯 이야기해 준다. 그런데 정목이랑 제일 친한 친구 그런 거는 아니었는데 근데 계곡에 그때 왜인지 같이 가기로 해서 갔었는데……. 정목이 아버지는 세탁소 하시고 옷을 맡겨도 종이에 써서 알려 주셨다. 코트 세 벌 #만 원. 그때 여름에 같이 차를 타고 계곡에 가서 놀았다. 원준이는 이 이야기를 매번 크게 더하지도 빼지도 않고 여러 번 반복해서 해 주었다. 계곡을 향해 걷는 원준이와 정목이 정목이 아버지. 정목이 아버지가 먼저 성큼성큼 계곡을 향해 걸었다. 그 뒤를 정목이와 원준이가 따라 올라가고 나는 그 뒤를 따라서 천천히 쏟아지는 녹색 속으로 물소리, 나무와 바람 속으로 걸었다. 풀 냄새와 나무 냄새가 나는 그것이 정말 좋았다. 나는 그곳을 여러 번 따라 올라간다. 물소리와 나무 냄새로 가득하고 나는 바위 위에 누워서 그것을 듣다가 눈을 감고 나를 따라온 것이 무엇이었는지 생각해 보려 하지만 물소리는 쏟아지고 감은 눈으로도 선명한 햇볕은 알아차릴 수 있고 나뭇잎은 흔들리고 그 역시 알 수가 있고 그런데 금세 잠이 들어서 내가 그곳까지 어떻게 걸어왔는지 그것이 내가 평소에 걷는 것과 어떻게 달랐는지 구분할 수가 없었다.

리처드 브라우티건 스파게티

최초의 리처드 브라우티건 도서관은 도쿄 게이오 플라자 호텔 3층에 있는 로비 갤러리 안에 있었다. 사람들은 그곳에서 방 번호와 이름을 남기고 『미국의 송어낚시』를 빌려와 읽었고 체크아웃 시 열쇠와 함께 반납했다. 그러나 누군가는 그 소설을 침대 오른편 램프 옆에 두고 떠났고 누군가는 테이블 위에 두었다. 읽다 잠든 누군가는 바닥에 『미국의 송어낚시』를 떨어뜨렸고 호텔방에서 일어나는 여러 움직임들 숙박객들은 모르는 여러 움직임과 속삭임으로 송어낚시는 침대 아래로 옮겨진다. 침대 아래 한가운데의 송어낚시는 침대 위의 움직임을 들으며 시간을 보내게 되는데 그렇다면 그는 언제 발견되는 걸까?

알려진 대로 브라우티건은 도서관과 인연이 깊은 작가이다. 이런 사람은 보르헤스 말고는 더 떠오르지 않는다. 그런데 사실 누가 그 둘을 비교하겠는가. 브라우티건이 도서관과 인연이 깊게 된 데에는 그가 쓴 소설 『임신중절 ─ 어떤 역사 로맨스』에 등장하는 도서관 때문이라고 할 수 있다. 이 소설의 주인공이라고 해야 할지 화자는 책으로 출간되지 못한 원고를 기증받아 보관하는 도서관에서 일하는 남자이다. 그리고 이 도서관은 왜인지 당연하게도 캘리포니아에 있다. 사람들은 흥분과 기쁨에 가득 차서 완성된 원고를 가지고 도서관을 찾아와 벨을 누른다. 벨을 누르면 주인공 남자는 방에서 나와 필요한 만큼의 적절한 관심과 꼼꼼함으로 그들의 원고를 확인한 후 도서관의 컬렉션에 추가한다. 소설에 처음 등장하는 방문자는 '호텔방에서 촛불로 꽃 기르기'라는 제목의 원고를 들고 도서관에 온 찰스 파인 애덤스라는 이름의 노파이다. 노파는 키트 카슨 호텔에서 살면서 촛불로 꽃을 기르며 그것을 관찰하고 그림으로 그려 책으로 만들었다. 그 책에는 예전 호텔 매니저를 그린 그림도 있고 호텔 엘리베이터 그림도 있다. 마치 최초의 브라우티건 도서관이 호텔 안에 생길 것을 예견하듯 말이다.

도쿄의 한 호텔에서 브라우티건 도서관이 시작된 것은 1979년 1월의 일이었다. 당시 도쿄를 자주 오가던 브라우티건은 1970년대 당시 세계 최고층 호텔이었던 신주쿠의 게이오 플라자 호텔을 숙소로 삼아 머물렀다. 브라우티건은 게이오 플라자 호텔에서 몇 달을 머무르며 일본의 작가들을 만나고 글을 쓰고 그러나 대체로 여자를 만나고 취했던 것 같고 취하면 주정을 부렸던 것 같다. 게이오 플라자 호텔 로비 3층은 작가들의 작품을 전시하는 곳이었는데 호텔은 이를 통해 숙박객들에게나 여러 용무로 호텔에 잠시 들르는 손님들에게 이곳은 문화적이며 세련된 공간이라는 인상을 주고자 하였다. 그런 노력 없이도 1970년대 후반 도쿄는 사람들에게 빠르고 흥미로우며 매력적인 곳으로 보였을 테고 도쿄의 호텔 역시 아주 다르지는 않았을 것이다. 브라우티건이 이 호텔의 어떤 점을 마음에 들어했는지 구체적으로는 알 수 없지만 세계에서 가장 높은 호텔이 도쿄 신주쿠에 있다는 사실이 좋았으리라 짐작해 본다.

로비 갤러리 담당 직원은 T로 대학에서는 일본문학을 전공하였다. 그는 대학 졸업 후 출판사에 입사해 미술잡지 편집부에서 일을 하다 호텔에는 1977년 채용되었다. 그를 그 자리에 추천한 이는 미술잡지사에서 일할 당시 업무로 몇 번 만난 적 있는 갤러리 직원 M으로 M은 1971년 플라자 호텔 오픈과 함께 채용되어 일을 하다 호텔이 궤도에 오르고 안정화가 되자 승진과 함께 후임 직원을 뽑을 수 있게 되어 T를 떠올린 것이었다. 호텔 안에 있는 갤러리이지만 전시되는 작품이 나쁘지 않다는 그러니까 꽤 훌륭하다는 호평이 잔잔하게 있었고 그 정도의 잔잔한 호평은 M과 T 모두에게 용기와 힘을 주었다. 그것에 힘을 얻은 것인지 T가 처음 주도적으로 담당한 전시가 바로 이전보다는 다소 실험적이라는 평을 받은 리처드 브라우티건 관련 전시였다. 제목은 브라우티건의 책 제목과 같은 *The Tokyo-Montana Express*(東京モ

ンタナ急行). *The Tokyo-Montana Express*는 브라우티건이 1976년부터 1978년까지 도쿄와 그의 집이 있던 미국의 몬태나를 오가며 쓴 131편의 짧은 글들을 모은 소설로 1980년 미국에서 처음 출간되었고 전시는 그 전 해인 1979년 1월 한 달간 진행되었다. 당시 전시 제목을 브라우티건에게 제안한 것이 T였다고 하는데 브라우티건은 그 제목이 좋다고 생각했는지 다음 해 출간되는 책 제목이 전시 제목과 같은 *The Tokyo-Montana Express*가 된다. T는 도쿄에서 활동하는 홋카이도 출신의 젊은 일본 작가와 뉴욕에서 활동하는 몬태나 출신의 젊은 미국 작가의 회화를 함께 로비 갤러리에 전시하였고 한쪽 벽면에는 리처드 브라우티건의 일본어 번역판과 원서, 그의 서명과 모자 등을 함께 전시하였다. 그와 함께 전시에 흥미를 가진 숙박객들이 그의 작품을 읽어 볼 수 있도록 테이블 옆에 『미국의 송어낚시』 번역본을 100권 가량 책꽂이와 함께 비치해 두었다. 숙박객들은 체크인을 하고 짐을 풀고 신주쿠를 긴자를 도쿄역과 아사쿠사를 그렇게 도쿄 이곳저곳을 구경하다 밤이 되면 호텔로 돌아왔다. 한 사람은 먼저 샤워를 하고 일행의 샤워가 끝나기를 기다

리며 남은 사람은 3층에서 전시를 보고 전시를 다 본 후 손에 『미국의 송어낚시』를 들고 방으로 돌아왔다. 대부분의 사람들은 체크아웃을 하며 책을 반납하였다. 그러나 몇 권의 브라우티건 소설은 테이블 위나 침대 머리맡에 놓인 채로 숙박객들과 함께 방에 머물렀다. 다음 날 방을 청소하는 하우스키퍼가 방문을 열 때까지 말이다. 하우스키퍼가 그렇게 남은 책을 챙겨 모아 두면 T는 다시 전시장에 책을 꽂아 두었다. 그러니까 이것이 최초의 브라우티건 도서관인 것이다. 이것을 도서관이라고 부를 수 있다면 말이다. 하지만 이후에 생겨난 브라우티건 도서관들은 모두 이것이 일반적인 의미의 도서관인가 싶은 구석을 가지고 있었으므로 이것이야말로 도서관이 아니면 무엇일지 이것은 너무나 도서관이라고 나는 종종 생각한다.

『미국의 송어낚시』는 완전히 미국에 관한 소설이지만 게이오 플라자 호텔 안 송어낚시에는 숙박객들이 묻혀 온 도쿄 거리의 냄새가 책장마다 배어 있었다. 어느 침대 밑 혹은 테이블과 벽 사이의 송어낚시는 1979년 당시의 도쿄를 지나치게 생생하게 기억하고 있었다. 그중 몇몇은 방을 떠나 숙박객들과 함께 도쿄를 여행하기도 했다. 여행지에서 책 읽기를 좋아하는 사람들은 3층 로비 갤러리의 송어낚시를 운명이라고 생각하기도 했다. 그리고 그중 몇은 호텔에 반납하지 않고 그대로 가방 안에 송어낚시를 두었다. 이것은 도쿄가 내게 주는 기념품이야. 그들은 책 뒤에 찍힌 호텔 스탬프가 특히 마음에 들었다.

미술을 전공하지는 않았지만 어머니가 미술 선생님이었고 전시 관람을 좋아했던 T는 미술 잡지에서 일을 한 경험도 있었고 로비 갤러리 업무도 무리 없이 잘 해낸다는 평을 받았으나 아무래도 전공자에 비하면 부족하다는 생각 혹은 좀 더 공부를 하면 좋을 것 같다는 생각으로 호텔을 퇴사한 후 파리로 유학을 떠난다. 그리고 그곳에서 리처드 브라우티건의 권총 자살 소식을 듣는데 그해는 1984년으로 T가 첫 아이를 출산한 직후였다. 그는 남편에게 리처드 브라우티건을 아냐고 묻는다. *Trout fishing in America*? 고개를 끄덕이며 그는 도쿄에서 브라우티건을 만난 적이 있다고 말한다.

목소리가 아주 작은 사람이었어요. 몸은 커다란데 말이에요.

그것은 여러 사람들이 브라우티건에게 갖는 인상이었던 것 같다. 시인 다니카와 슌타로 역시 똑같은 말을 하였다. 그는 브라우티건에 대한 인상에 이어 그가 자신의 시를 좋아했다고 덧붙인다.

도쿄를 떠난 T는 이후로도 가끔 브라우티건 생각이 날 때가 있었다. 캘리포니아 출신인 사람들을 우연히 만나 자신의 무척 친한 친구가 그곳에 살고 있다고 신이 나서 대답하게 될 때가 그랬다. 브라우티건은 이미 죽었고 자신의 무척 친한 친구라고 말하기도 어렵다는 사실을 바로 깨달았으나 매번 캘리포니아라는 말을 들을 때면 자신도 모르게 웃으며 반가워하고 있었다. 그렇게 웃다가 이야기를 얼버무리고 나면 사실 브라우티건이 살아 있는 것 아닐까, 캘리포니아의 어딘가에…… 제대로 설명하기는 어려웠으나 확신에 가까운 강한 느낌이 순간적으로 파도처럼 거세게 밀려올 때가 있었다. 브라우티건적 순간은 이후로도 그를 종종 찾아왔는데 그런 순간이 남아 있다면 그가 죽은 것만은 아니라는 생각, 죽은 것만은이라고 해야 할지 끝나거나 사라진 것만은이라고 해야 할지. 그러한 방식으로 살아 있다는 생각을 캘리포니아라는 말을 들을 때마다 생생하게 느끼고는 했다.

 최초의 브라우티건 도서관이 1979년 1월 한 달간만 존재했던 것은 아니다. 브라우티건 도서관은 이후로도 애매한 방식으로 게이오 플라자 호텔에서 지속되었다. 도서관을 지속시킨 이는 객실 담당 직원 F로 그는 M처럼 1971년 호텔 오픈과 함께 입사한 아니 엄밀히 말하면 오픈 전부터 채용되어 근무하던 직원으로 브라우티건이 호텔에 머물던 1970년대 중후반에는 한 번의 승진을 거쳐 관리직으로 일하고 있었다. F는 영문학을 전공하였으며 1975년 『미국의 송어낚시』가 일본에 번역되어 인기를 얻기 전부터 그 소설을 원서로 읽고 이상하고 웃기고 슬픈 무척 미국적인 소설이라고 생각하였다. F는 쉬는 날은 직장이 있는 신주쿠에 들르지 않지만 그날은 왠지 서점에 들르고 싶어 신주쿠의 대형 서점으로 가 한참 책 사이를 오가며 시간을 보냈다. 서점을 나올 때는 몇 권의 책과 함께 *Trout fishing in America*를 손에 들고 있었다. 소설을 제대로 읽기 시작하지도 않았지만 왜인지 긴장되고 설레어 끝없이 걸을 수 있을 것 같은 기분으로 구두를 신은 채 한참을 걷다가 걷다가 또 걷다가 다리가 아프고 너무나 허기져서 커피라는 간판에 고민도 없이 들어가 토스트와 빵을 주문하고 책을 펼쳤다. F는 책을 펼쳐 첫 페이지를 읽고 다음 페이지를 이어서 읽어 내려갔다. 때마침 나온 토스트를 한입 베어 물고 커피를 마시며 F는 얼마 남지 않은 다음 페이지를 끝까지 읽었다. 페이지의 끝은 이러했다.

A friend of mine unwrapped his sandwich one afternoon and looked inside just a leaf of spinach. That was all.

Was it kafka who learned about America by reading the autobiography of Benjamin Franklin...

Kafka who said, "I like the Americans because they are

healthy and optimistic." *

　F가 먹고 있는 것은 토스트였고 그것이 샌드위치는 아니었지만 책과 자신이 동시에 일어나고 있다고 생각했다. 그 순간 느낀 책과의 강한 결속력을 그 말 말고는 달리 설명할 수가 없었다. 사실 일어난 일은 아무것도 없고 단지 책을 읽고 있었을 뿐이지만 말이다. 이후로 F는 브라우티건의 다른 책들을 따라 읽으며 이상한 확신을 가지게 되었다. 그것은 자신이 미국을 한 번도 가 보지 않았지만 그곳을 이해하고 있다는 확신이었다. 그리고 그것이 완전히 착각은 아니라고 그는 늘 생각했다. 그의 책장 한 칸에는 브라우티건의 원서가 나란히 꽂혀 있었고 1975년 이후로는 후지모토 카즈코가 번역한 역서가 다음 칸에 마치 언제나 자신의 자리였던 듯 자연스럽게 들어앉게 되었다. 두 칸을 채우고 있는 책들 그 어느 쪽도 좋았고 그 모두는 무척 좋다고 말할 수 있는 몇 안되는

---

* Richard Brautigan, *Trout Fishing in America*, p.2. (*Richard Brautigan's Trout Fishing in America, The Pill Versus the Springhill Mine Disaster, and In Watermelon Sugar*, Mariner Books, 1989.)

것들 중 하나였다.

브라우티건이 처음 호텔을 예약했을 때 F는 너무나 깜짝 놀랐고 하루 종일 그 생각에 어떻게 하루가 지났는지 기억이 나지 않을 정도였다. 그때부터 그는 언젠가 브라우티건과 가까워지게 되리라 바라 마지않았지만 그는 수줌음이 많은 성격이었으며 호텔 직원이라는 직업적 책임감이 그를 브라우티건에게 다가가는 것을 막았다. 당시 그는 이것이 직업적 책임감 때문이라고 생각했으나 마음속으로는 그의 커다란 마음을 들키게 될까 봐 두려웠고 좋아하는 작가에게 실망하게 될까 봐 걱정되었고 무엇보다 자신의 지나치게 조심스럽고 수줌은 성격 탓임을 알고 있었다. 대신 그는 다른 방식으로 애정을 표현했다. 브라우티건을 좋아하던 그는 T에게 지나가듯 미국의 유명 작가인 데다가 우리 호텔도 자주 이용하니 관련 전시를 해도 좋겠다고 넌지시 말했고 비슷한 방식으로 브라우티건과 관련된 이야기들을 조금씩 화제로 삼았다. T는 그와 가장 가까운 동료 직원이었는데 둘을 잘 모르는 사람들은 T가 F보다 조용하고 조심스러운 성격이라고 생각했다. 겉으로 보기에 F는 밝고 활발해 보였으나 실제로는 조심스럽고 수줍은 사람이었고 상대적으로 말수가 적고 소극적으로 보이는 T가 사적인 관계에서는 주저 없는 편이었다. 그런 이유로 실제로 브라우티건과 그의 소설을 너무나 좋아했던 F는 브라우티건과 가까워지지 못했으나 T는 전시를 준비하며 종종 그와 술을 마셨고 출판사에서 근무했던 이력 덕에 브라우티건을 찾아오는 다른 일본 작가들과도 비교적 허물없이 지낼 수 있었다.

도쿄에 머물 때면 브라우티건은 롯폰기의 The Cradle이라는 바에서 자주 술을 마셨다. 바의 주인인 시이나 타카코와는 각별한 사이로 브라우티건은 시이나를 소울 시스터라고 소개하고는 하였다. 어느 정도였는가 하면 *The Tokyo-Montana Express* 뒤표지에는 다음과 같은 문구와 함께 시이나와 브라우티건의 사진이 실려 있다.

Richard Brautigan and Shiina Takako lolling in a small boat off the coast of Japan,

It was a hot afternoon and they were tired of fishing.*

    브라우티건은 마시면 늘 취했고 주정을 했다. 어느 날 T는 퇴근 후 F를 데리고 The Cradle에 함께 간 적이 있었다. 브라우티건은 너무 취해 있었고 F는 그 모습을 보며 잔뜩 긴장한 채로 조용히 술을 몇 잔 마시며 웃고 박수를 치다 집으로 돌아왔다. 집으로 돌아가는 택시 안에서는 얼굴이 너무 붉어져 창가에 대고 열기를 식혀야 했는데 입김 너머 창가에 비치는 밤의 도쿄가 여느 때와 달리 더없이 아름다워 보였고 왠지 눈물이 나왔다.

    그날 역시 처음 브라우티건이 호텔을 예약한 날처럼 집에 돌아와서도 그 자리의 대화와 분위기를 여러 번 생각하였다. 여러 번 반복하였고 정교하게 다듬어 나중에는 생생히 재생시킬 수 있었다.

    일본의 예술가들과 일본을 들른 각국의 예술가들이 자주 들르던 바 The Cradle은 2000년대 초반 폐점을 하며 그간 모아 왔던 영화 연극 전시 공연 포스터 전시를

---

* Richard Brautigan, *The Tokyo-Montana Express*, Delacorte Pr, 1980.

했는데 그곳에 *The Tokyo-Montana Express*(東京モンタナ急行) 전시의 포스터도 있었다. F 역시 그 포스터를 가지고 있었다. F는 전시에서 그 포스터를 보며 브라우티건과 함께 술을 마신 물론 그가 그것을 기억할 리는 없겠지만 그 밤을 다시 떠올렸다. 그는 그 밤 전시 포스터와 자신이 가진 책 중 두 권에 사인을 받았다. 집에는 그의 시집과 소설이 훨씬 많았지만 그것을 전부 들고 오는 게 조금 멋이 없다고 생각하여 참기로 했다.

당신 정말 브라우티건 팬이군요?

어느 날 F의 집을 들른 또 다른 F인 후지사와는 그의 책꽂이를 보며 말한다.

아주 엄청나게요.

시간이 지났고 F는 나이가 들었고 브라우티건은 더 이상 도쿄에 있지 않고 도쿄가 아닌 어디에도 있지 않고 여러 가지 사실들이 그것을 순순히 부드럽게 인정하게 만든다.

    브라우티건은 호텔에 묵을 때면 늘 수영장이 내려다보이는 방을 요청했다. 그가 방에서 보기 원하는 장면은 도쿄의 야경이 아니라 수영장이었는데 실제로 새벽에 들어와 낮에 일어나는 그에게는 야경보다는 정오의 수영장 쪽이 더 좋았을지도 모르겠다. 정오가 이미 지난 오후의 햇살이 수영장을 비추고 수영복을 입은 여자 둘과 남자 하나는 느리게 수영을 하다 나와 콜라를 마신다. 선명한 햇빛은 아무도 없는 수영장 표면에서 반짝였다. 그것은 언제 보아도 좋았으나 숙박객들은 보통 이 시간에 방에 머무르지 않았다. 브라우티건은 방으로 자주 손님을 부르기도 했지만 대체로 밤이면 밖으로 나가 여기저기서 술을 마셨고 멀쩡하게 돌아오는 날이 없었고 어느 날엔가는 얻어맞아 잔뜩 부은 채로 들어오기도 했다.

    F는 그 후로도 The Cradle이 마음에 들어서, 혹은 어쩌면 하는 기대로, 브라우티건이 도쿄를 떠난 후로는 왠지 모를 그리움에 혼자서 바에 들러 술을 마시고는 했다. 브라우티건을 때려 눕힌 자가 「태양을 훔친 사나이」를

만든 감독 하세가와 카즈히코라는 이야기를 들은 곳도 바로 The Cradle이었다. 1979년 2월 *The Tokyo-Montana Express*(東京モンタナ急行) 전시가 끝난 뒤 두 전시 작가의 작품은 T가 안전하고 꼼꼼하게 확인 후 배송을 했다. F는 호텔 스탬프가 찍힌 『미국의 송어낚시』와 그리고 무엇과 무엇을 조심스럽게 챙겼다. 그 외 브라우티건의 책은 브라우티건이 늘 묵었던 수영장이 보이는 방 근처 외딴 복도에 간단한 설명과 함께 놓였다. 그곳은 수영장으로 향하는 가장 가깝고 비밀스러운 길로 수영장 관리 직원과 F 정도만이 아는 곳이었다. 누군가 일부러 호텔 구석구석을 살펴보고자 하지 않는다면 접어들지 않을 곳이었다. 하지만 그런 사람들이 아주 없지는 않았다. F가 가끔 그곳을 지날 때 책이 한 권씩 사라져 있었기 때문이다. 복도에 놓인 그 책들은 브라우티건처럼 늘 정오의 수영장을 볼 수 있다. 책은 술을 마실 수 없으니 밤의 수영장도 밤의 야자수도 내려다볼 수 있다. 밤의 빌딩이 수영장에 어떻게 비치는지 어떻게 비치며 어떻게 흔들리는지도 말이다. 그리고 그 모습을 어느 방 침대 아래 송어낚시가 잠결에 보고 있을지 모른다. 1979년의 도쿄를 지

나치게 잘 이해하고 있는 송어낚시가 말이다.

　F는 브라우티건과 가까워지지는 못했지만 후일 다른 우연으로 전시에 참여한 홋카이도 출신 작가인 후지사와와는 가까워지게 된다. 전시 이후 차근차근 커리어를 쌓은 후지사와가 다시 게이오 플라자 호텔 로비 갤러리에서 전시를 하게 된 것이다. 이번에는 단독 전시였고 도쿄 외곽에 사는 그를 위해 호텔에서는 전시 개막일 방을 제공해 주었다. 후지사와는 우연히 브라우티건의 방에 묵으며 방 옆 복도에 비치된, 호텔 스탬프가 찍힌 『미국의 송어낚시』를 아주 오랜만에 읽게 되었다. 전시가 시작될 즈음 후지사와와 F는 The Cradle에서 우연히 만나 함께 술을 마시며 가까워지게 되었다. F는 후지사와가 읽고 있는 호텔 스탬프가 찍힌 송어낚시를 보며 자신이 대체 무엇을 하고 있는 것인지 잠시 생각하다가 만다. 이는 후지사와 역시 마찬가지였는데 작가로서 처음 이름을 알리기 시작할 무렵의 인연이 아직까지 강력하게 자신을 따라오고 있다는 느낌. 그런데 자신과 그 인연을 연결하고 있는 다른 한쪽의 존재를 이 호텔이라고 해야 할지 브라우티건이라는 작가라고 해야 할지 그저 우연이

라는 존재일지 알 수 없다는 생각을 잠시 했다. F는 방금 퇴근한 자신의 직장으로 후지사와를 배웅하고 그들은 다음 날도 같은 곳에서 함께 술을 마셨다. 세 번째로 함께 술을 마신 날 둘은 F의 집으로 향한다.

당신 정말 브라우티건 팬이군요?
아무래도 그런 것 같아요.

후지사와는 십수 년 전 자신의 그림과 함께 걸렸던 브라우티건의 사진을 보며 기이하다는 생각을 잠시 하였다.

뭔가 그때 재미있었던 일 없었나요?

F는 웃으며 어느 날 브라우티건이 방 안에서 스파게티를 조리할 수 있는지 물었던 것을 기억해 냈다. 브라우티건은 자신만의 스파게티를 꼭 친구에게 만들어 주고 싶다고 말했다. 브라우티건과 통화를 하고 싶다는 일본인 여성과 전화를 연결해 준 며칠 뒤의 일이었다. 이

후 F는 조리가 가능한 레지던스 몇 곳을 그에게 소개시켜 주었다는 이야기를 하며 웃는다.

아니 내가 호텔 직원인데 다른 숙소를 소개시켜 준 거라고요.

F는 이어서 브라우티건으로부터 스파게티 레시피가 적힌 감사의 편지를 전달받았다는 이야기를 한다. 오래전의 일이라 잊고 있었던 것인지 아니면 그로부터 직접 받은 편지여서 너무나 소중하게 여긴 탓인지 막상 말하고 보니 기억 아주 깊숙한 곳에 있던 이야기를 끄집어낸 듯한 느낌이었다. 실제로 말해 보기는 처음이었는데 막상 말하고 보니 그럭저럭 산뜻하고 유머러스한 일화라는 생각도 들었다. 그래서 기분이 좋았다.

그러면 브라우티건과 가까웠던 것 아니에요?
아니요 전혀. 그게 다예요.

손사래를 치면서도 F는 브라우티건과 전혀 접점이

없지는 않았다는 생각이 그제야 들었다. 그런 생각은 처음이었는데 그즈음 브라우티건과 가깝게 지내는 사람들이 많았고 혹은 많은 것처럼 보였고 자신은 그렇게 될 수 없을 것이라는 생각만을 하였기 때문이다. 그러고 보면 T와 셋이서 함께 찍은 사진도 어딘가 서랍 아주 깊숙한 곳에 있을 것이다. 셋이서 찍고 T가 이번에는 둘이서 찍으라고 말하며 웃었던 것도 함께 기억이 났다. 사진을 찍어 줬던 것은 M이었나. 아니면 그때 잠시 아르바이트를 하던 대학생이었나. 아마 두 사진은 아끼는 노트 사이에 나란히 포개진 채 상자에 담겨 서랍 깊숙한 곳에 보관되어 있을 것이다.

그때 제가 전화를 연결해 준 사람이 누구인 줄 알아요?
누군데요?
두 사람은 나중에 결혼하게 돼요. 제가 전화를 연결해 준 사람과 브라우티건이요.

이후 F와 후지사와는 한 달에 두어 번 만나 술을 마셨다. 술을 마시면 취한 채로 잠시 걷다가 택시를 타고 서로의 집에서 대개는 F의 집에서 밤을 보냈다. 1년에 한두 번은 F의 휴가에 맞춰 함께 여행을 떠났다. 그렇게 같이 있는 시간이 좋았고 후지사와는 진지하면서도 재미있었고 좋은 사람이라 할 만했지만 F는 자신이 다른 사람과 함께 살게 될 것 같지가 않았다. 두 사람은 후지사와가 자신의 고향인 홋카이도로 거처를 옮길 때까지 이러한 관계를 유지하였다. 그 후로 아예 만나지 않은 것은 아니었다. 가끔 연락을 주고받기도 하였다. 후지사와가 일이 있어 도쿄에 올 때면 F를 만나고 F 역시 홋카이도에 여행을 갈 때면 후지사와를 만났다. 그러나 두 사람은 서서히 연락을 하지 않게 되었고 후지사와가 1년간 베를린에 머물게 된 이후로는 완전히 연락이 뜸해졌다. 그러다가도 서로의 생일에는 짧게 축하 메시지를 보냈고 후지사와의 전시가 도쿄에 있을 때면 F는 조용히 전시를 보고 방명록에 이름을 남겼다. F의 이름을 보고 후지사와도 고맙다는 인사와 함께 안부를 물었다. 두 사람은 그 정도의 연락을 주고받았다. 후지사와는 새로운 호텔에 갈 때마다 F가 떠올랐다. 이 호텔에도 맡은 일을 최선을 다해 제대로 해내면서 어딘가 조금 이상하고 웃긴 사람이 있을 것이라는 생각이 들었다. 후지사와는 이후로도 여러 번 도쿄를 오갔지만 게이오 플라자 호텔에 묵을 일은 없었다. 그래서 신주쿠를 지날 때면 저기 어딘가에서 F가 일하고 있겠군, 또 그곳에는 이상하고 작은 브라우티건 도서관이 혹은 간이 사원이나 신전이라고 말해도 좋을 작은 브라우티건 기념물이 조용히 수영장을 내려다보고 있겠군 하고 생각하고는 했다.

내가 후지사와의 책장에서 호텔 스탬프가 찍힌 브라우티건의 책을 본 것은 그로부터도 한참이 지나서의 일이다. 그는 하코다테 시내의 오래된 주택에서 살며 근처 더 오래된 건물을 작업실로 쓰고 있었다. 나는 그의 집에서 머물며 책을 읽고 산책을 하며 하루하루를 보냈다. 그는 그즈음 교토의 예술대학에 부임해 학기 중에는 대개 교토에서 지내다가 연휴나 방학 때에는 하코다테의 집으로 돌아와 머물렀다. 내가 그를 만나게 된 곳도 교토의 한 바였는데 그때 내가 읽고 있던 것은 다름 아닌 혹은 당연히도 브라우티건의 소설이었다. 내가 홋카이도에 처음 가게 된 것도 주인 없는 오래된 주택에서 묵으며 시간을 보내는 것도 다 브라우티건이 한 일일까. 후지사와는 다소 그렇게 믿고 싶은 듯했지만 그렇지는 않다고 나는 생각한다. 그곳은 좁은 바였고 사람들은 바에서 너그러워지고 내가 손에 든 것이 무슨 책이었다 하더라도 우리의 대화는 시작되었을 테다. 홋카이도에 와서 알게 된 사실은 이곳에서는 모든 야채가 맛있다는 것이었고 나는 호박과 감자를 잔뜩 넣어 카레를 만들어 먹었다. 연휴라 잠시 들른 후지사와 시장에서 해산물을 사서 회를 먹고 생선과 조개를 구워 먹었을 때는 이곳에 좀 더 오래 살아도 좋겠다는 생각이 잠시 들었다.

그럼 브라우티건을 만난 적이 있었던 거야?
나는 아니지. 실제로 만나지는 못했지만 인연이 있다고 생각해.

후지사와는 그게 아니더라도 그 사람의 글이 마음에 든다고 했다. 비슷한 점이 많아서 친구처럼 여기게 된다고 말했다. 결국 어떤 식으로든 알게 되고 좋아하게 되었을 것이라고 생각해. 그런 이야기를 하며 아직 그 호텔에 스탬프가 찍힌 책들이 꽂혀 있을까 후지사와는 문득 그런 생각이 들었다. 그와 함께 방에서 내려다보이던 수영장을 잠시 그려 보다 말았다.

다음 날에는 늦잠을 자고 일어나 스파게티를 먹었다. 잠결에 무척 맛있는 냄새가 난다고 생각했다. 잠옷을 입은 채로 포크로 말아 올린 스파게티를 먹었을 때 너무 맛있어서 이게 뭐야 하고 소리 지르듯이 감탄했다.

너무 맛있는데?
친구에게 제대로 배웠지.

즐겁게 식사를 하고 커피를 한 잔 마시며 2층으로 올라가 멀리 보이는 바다를 잠시 바라보았다. 창문을 열어 잠시 차갑고 선명한 초겨울 바람이 부는 소리를 들었다. 바람은 아직 잠옷에 묻은 토마토 올리브 오일 마늘 냄새를 털어 내려는 듯이 머리를 흔들고 귀밑으로 빠져나갔다. 방금 전 먹은 식사가 꿈이라는 듯이 얼른 정신을 차리라는 듯이 바람은 차갑게 불어왔고 나는 찬물에 세수를 하는 것처럼 눈을 감고 바람에 얼굴을 문질렀다. 후지사와는 양손에 커피를 한 잔씩 가지고 올라왔다. 후지사와는 창문을 닫고 옆으로 와 오후에는 무얼 할까 물었다. 우리는 창을 바라보고 나란히 서서 산책을 할까 장을 볼까 잠시 이야기를 나누었다. 커피를 마시며 창문을 닫았음에도 왜인지 가볍게 흔들리는 커튼을 보았다. 커튼은 흔들리며 작고 가벼운 소리를 냈다. 두 번째 커피는 따뜻했고 선명한 맛이었고 나는 그것이 무척 좋았다. 흔들리는 커튼을 보며 고개를 돌리지 않고 가만히 물었다.

저게 뭐지?
바람이야.

그날 오후 아마도 우리는 다른 날처럼 장을 보고 저녁을 만들어 먹었을 것이고 다시 커피를 마셨을 것이다. 산책을 했을 것이고 어쩌면 바다 주변을 걸었을 것이다. 하지만 기억에 남아 있는 것은 스파게티를 먹고 두 잔의 커피를 마시고 다시 침대로 돌아가 흔들리는 커튼을 보았던 시간뿐이다. 일어나 식사를 하고 커피를 마신 것을 뒤로 물리려는 듯이 침대로 돌아와 서로의 몸에 기대어 흔들리는 커튼을 보았다. 마치 할 일이 그것뿐이라는 듯이 말이다.

    새해가 되기 전 나는 교토로 돌아왔고 도쿄 게이오 플라자 호텔에는 여전히 가 본 적도 묵어 본 적도 없다. 그러나 그곳에 리처드 브라우티건 도서관이 작고 코믹한 방식으로 계속되었으리라는 믿음과 동시에 그것이 늦여름 남은 며칠처럼 적절한 쓸쓸함을 남기고 사라졌으리라는 마음을 함께 갖고 있다. 마치 브라우티건의 소설이 우습고 쓸쓸한 것처럼 말이다. 그 후로도 브라우티건적 우연을 느끼게 되는 순간은 많았지만 그 모든 일을 브라우티건이 했다고 생각하지는 않는다. 나도 내가 할 일은 하며 살았기 때문이다. 하지만 내가 먹은 가장 맛있는 스파게티에 그가 한 일이 아주 없다고는 생각하지 않을 뿐이고 가끔 그때 먹은 스파게티의 맛을 떠올리며 브라우티건을 다시 읽어 봐야겠다고 생각하고는 한다. 기이한 방식으로 살아남은 레시피의 스파게티를 떠올리며 말이다. 그리고 누구에게도 말한 적은 없지만 그것을 먹어 본 나야말로 누구보다 브라우티건의 친구임을 나는 잘 알고 있다. 브라우티건이라 해도 그것을 부정할 수는 없을 것이다.

---

* 리처드 브라우티건 관련 내용은 William Hjortsberg의 *Jubilee Hitchhiker: The Life and Times of Richard Brautigan*, Counterpoint, 2013을 참조하였다.
* 64쪽 대화 부분은 리처드 브라우티건 『워터멜론 슈거에서』(비채, 2024)에서 가져왔다.

천사가 우리에게 나타날 때

처음 샀던 옷은 기억나지 않는다. 아마 그 옷이 지금 내 눈앞에 있어도 내가 그 옷을 입은 적이 있는지 이게 내 옷이었는지 기억하지 못할지 모른다. 그래도 기억나는 옷들이 있다. 산처럼 쌓인 옷더미에서 고른 레드 깅엄 체크 셔츠 이건 천 원이었고 한동안 수영 가방으로 쓰던 오렌지색 나일론 백 이건 왜 버렸더라 아마 한동안 잘 쓰다 낡아서 버렸을 것이다. 베이지 모헤어 코트라던가 작은 사이즈의 남성용 가죽 재킷 오래된 퓨마 스니커즈 시간만 있다면 아마 기억나는 옷들을 30개쯤 더 이어서 쓸 수 있을 것 같다. 한동안은 산요의 코트를 좋아해서 모으듯이 꽤 여러 벌 사서 계절이 바뀔 때마다 매번 꺼내 입었다. 입을 때마다 편한데 멋있는 것 같아 마음에 들어 생각했다. 그래서인가 나중에 도쿄 산요 매장에서 코트를 샀을 때 생각보다 별 감흥이 없었던 것 오히려 국제시장에서 처음 샀을 때 감흥이 더 컸던 것 옷장에 걸린 새 코트 헌 코트 너무 많은 코트들을 볼 때면 그런 것들이 떠오른다.

그때 나에게 코트를 입어 보라고 권했던 사람은 어머니뻘까지는 아니고 외숙모뻘 이모뻘 뭐 어떤 이모는 엄마보다 나이가 많으니까 적절한 비유는 아니겠지만 아무튼 그 정도 연배의 주인이었다. 코트를 어깨에 걸쳐 주면서 산요는 코트를 잘 만드는 회사라고 말했지. 그게 그 가게에 처음 간 날이었는데 주변에 걸린 여러 옷들을 마치 아는 사람처럼 친근하게 부르며 하나씩 입어 보게 했고 건네는 옷들을 하나씩 설명하며 이 옷은 이런 식으로 입어야지 코멘트 했다. 그 사람은 만날 때마다 내게 옷의 의지를 이해할 필요가 있다고 말했는데 이 코트는 자연스럽게 입어야 하지 단추도 다 잠그면 안 돼 바지를 입어도 좋고 스커트도 좋은데 길게 떨어지는 실루엣을 생각해야지. 코트는 생각보다 비쌌고 바가지를 씌웠다는 사실은 바로 알았지만 코트가 정말 맘에 들었고 이런 식으로 진지하게 옷의 의지를 이야기하는 것이 재미있어서 1년에 한두 번은 들렀다. 마지막으로 들렀던 것이 5년 전 아니 그보다 더 예전인 것 같다. 새로 들르게 되는 가게가 많아졌고 한번 가면 한 시간은 머물며 옷을 입고 벗고 하는 것이 처음에는 재미있었지만 익숙해지니 무거운 절차 같다고 해야 할까 그게 좀 지쳤다. 물론 걸려 있는 옷은 늘 다르니까 막상 들어가면 또 재미있기야 했겠지만.

  가게는 한동안 문이 닫혀 있더니 어느 해인가부터는 간판도 보이지 않았다. 가게를 접은 걸까 아니면 어디로 갔을까 고향도 부산이 아니고 집도 부산이 아니라고 했는데. 김해에서 차로 운전해서 출퇴근한다고 했고 아들이 서울에서 건축을 전공한다고 했다. 한가할 때는 내게 미숫가루나 커피를 사 주면서 이 옷 저 옷 입혀 보며 이런 색을 입어라 저런 색을 입어라 그러다 고개를 들어서 보면 1990년대 드라마에 나오는 탤런트들처럼 각진 눈썹에 립스틱만 바른 마른 얼굴이 멋있어 보이고. 뭐랄까 좋은 얼굴이라는 게 있잖아 친절하고 마음씨 좋은 사람 같아 보이는 것이 아니고 눈에 띄는 미인이라거나 예쁘고 귀엽다거나 하는 것도 아니고 이 사람이 화면에 나오면 이 사람은 자기 이야기를 할 수 있는 사람처럼 보이는 얼굴. 작은 얼굴에 각진 광대뼈가 도드라진 얼굴이었고 눈꺼풀이 꺼진 큰 눈이었고 가게 천장에 달린 큰 조명 아래에서 어느 순간 그림자가 광대와 눈꺼풀을 지나면 이 사람은 다른 곳에 있는 것 같고 거기서는 다른 이야기를 할 것 같다. 혹은 같은 이야기를 외국어로 할 것도 같았고 아무 말 없이 커피를 마시다 자리에서 일어날 것도 같았다. 그러면 나는 뒤를 따라가는데 뒤를 따라가는 나 역시 지금의 내가 아닌 다른 사람인 편이 어울렸다. 아무튼 그 사람은 그런 식으로 좋은 얼굴. 다른 곳에서 다른 표정으로 입을 뗄 모습을 그려 보게 만드는 얼굴. 그 가게에서 처음 산 옷이 산요의 간절기 코트였다. 그게 15년쯤 전인데 아직도 매해 입는 코트이다. 옷의 의지 아직도 제대로 이해를 못할 때가 많지만 나 역시 의지가 있고 나는 의지를 가지고 그 옷을 좋아하고 있는지도 모르겠다.

아무튼 늘 당연히 옷을 입고는 있고 오히려 옷이 넘치는 수준인 데다가 누가 가라고 가라고 한 적도 없는데 부산에 도착하면 왠지 발길이 국제시장으로 향하게 된다. 어떤 옷을 입으면 이전과 다른 사람처럼 보이니까 혹은 처음 입는 옷인데 마치 원래 있던 옷처럼 나에게 붙으니까 그것이 늘 신기하고 재미있기 때문에. 예전에 한번은 국제시장에서 옷을 사고 근처에서 친구를 만나 술을 마신 적이 있었는데 멀리서 나를 보고 친구가 물건 떼오냐고 진담 반 농담 반으로 물었던 적도 있었다. 그렇게 사고 또 살 거면 떼 와서 돈이라도 좀 벌어. 그런 이야기를 나누는 곳은 작은 술집이고 우리는 바 자리에 나란히 앉아 있고 왜인지 주말인데 손님은 없고 사장님은 이전에 내가 혼자 여러 번 온 일을 기억하고는 친구분이랑 오셨냐고 불편하지 않게 웃으며 아는 척을 해 준다. 조금 안심한 듯한 표정이었다. 그러고 보니 이 술집도 술을 덜 마시기 시작한 후로 거의 10년쯤 안 가다가 얼마 전에 오랜만에 찾아보았더니 가게가 잘 돼서인지 큰 곳으로 옮겼다고 나와 있었다. 옮겼다는 곳으로 가 저녁으로 먹을 만한 메뉴를 몇 개 시키고 어느샌가 테이블을 스쳐 지나간 사장님은 이전처럼 조용히 부족한 것이 없는지 살피고 있었다. 한동안 매번 혼자 갔었는데 그때마다 내게 말을 걸어 주었고 테이블 너머 보이는 얼굴은 왠지 연극배우처럼 강한 인상에 손은 빠르고 건네는 말은 세심했다.

    그러다 그 가게에 다시 찾아간 것이 작년 연말의 일이었다. 거의 10년 만에 스쳐 지나가는 사장님을 보며 그런데 별로 변한 게 없는 것 같다고 느끼고 그 말은 왜 늘 새삼스럽지? 변한 게 없어 그대로야. 그러고 보니 처음 국제시장을 다니기 시작한 때나 처음 이 술집에 다니기 시작한 때 혼자 술을 마시기 시작한 때 모두 비슷하게 맞물리고 있다. 술을 잘 마시지 않으면서 한동안 부산에 오면 이곳에 들러 술을 마시고 술을 마실 때는 새로운 사람을 앉힌 듯 조용하지만 친절한 나를 어떻게 어떻게 빚어서 의자에 앉히고 그러면 사장님은 내가 빚은 나인지 혹은 뭔가를 빚었다고 착각하는 나인지에게 먹을 것을 준다. 내가 빚은 나와 실제 나는 조금 다르지만 아주 다르지는 않게 흔들거리고 그 움직임 속에서 아니 근데 혼자 술집에 온 사람은 아무래도 좀 별나다고 생각할 것 같은

데라고 무난하고 무던한 빚어진 나는 관찰하고 관찰되며 속으로 그런 말을 한다. 그러면 누구인지 모르겠지만 아무튼 그 사람은 눈앞의 먹을 것들을 조용히 먹는다. 그 사람이 누구든 먹는 일은 좋아한다. 혹은 먹는 일을 좋아하기에 결국은 한 사람인가. 여행지는 아니 식당이나 술집은 그런 빚어진 형태들 빚었다고 착각되는 덩어리들 빚다가 흩어진 흐름들이 잠깐 있다가 집으로 돌아가고 마치 그것을 위해 서 있는 듯한데 그 형태들은 바람과 흩어짐은 실제로 무척 생생하고 단단하다.

그렇게 연말에는 오랜만에 들른 술집에서 이것저것 구운 것 튀긴 것과 술을 먹었고 그걸 먹은 날도 국제시장에서 뭔가를 샀고 아 또 사 버렸네 생각하면서 호텔에 산 옷을 놔두고 쉬다가 저녁을 먹으러 술집으로 갔다. 그때 산 옷은 아쿠아스큐텀 카키색 맥코트였고 팔 기장을 수선했는지 보통이라면 손등을 덮을 텐데 손목까지 떨어지는 길이였다. 완전히 내 옷 같다는 생각을 했고 그때만 해도 옷이 조금 무겁다는 느낌은 있었지만 이상하다는 생각이나 주머니를 살필 생각까지는 못하고 다시 한 번

걸쳐 보고 거울 앞에 서 보다 옷장에 걸어 두고는 침대에 누워 열린 문틈으로 코트를 보았다. 산 지 몇 시간 안 된 코트가 서서히 낯이 익어 가고 이상한 경험이네 방금 전까지 이 옷을 입고 식당에 가 의자에 걸어 두고 나오면 누군가 옷 놓고 갔어요 외쳐도 한 번에 알아보지 못할 것 같은 낯선 존재였는데 잠시 옷만을 바라보자 옷은 자신의 존재를 서서히 드러내 주었다.

 부산에서 만날 수 있는 사람 안다고 말할 수 있는 사람은 두 명뿐이었는데 이 둘과도 아주 가깝지는 않아서 보통은 아무도 만나지 않고 옷을 고르고 또 고르고 한참 이곳저곳을 걷다가 밥을 먹고 또 다시 걷고 커피를 마시는 식으로 시간을 보냈다. 두 사람이라고 말했지만 이런 이유로 마지막으로 본 지가 역시 또 5년 전인가…… 같은 느낌으로 거슬러 가게 되니 실제로 부산에서 만날 수 있는 사람은 아무도 없을지 모르겠고 서서히 익숙해지는 새로 산 옷의 형태를 보며 그렇다면 처음 보는 사람 모르는 사람이 지금 나타나 코트 옆에서 서서히 익숙해질 수도 있을까 생각하다가 알던 사람도 이렇게 오랜만에 보면 과거의 형태와 지금의 얼굴이 몇 번씩 어긋나다가 결코 맞춰지지 않은 채로 바라보게 되겠지. 그런 과정을 반복해야 해 새로운 얼굴을 알아가세요 그런 식으로 사람을 만나야 해. 사람들의 얼굴을 보고 만지고 싶어졌다. 그래야 한다.

그러자 조민형이 떠올랐는데 이 사람은 마르고 작은 키에 넓은 어깨를 가졌고 짧게 깎은 머리에 짙은 눈썹. 누군가를 떠올릴 때면 그 사람을 마지막으로 봤던 순간 그즈음의 얼굴 같은 것을 떠올리기보다는 몇 개의 스케치를 합해 보다 말다를 반복하게 된다. 조민형은 열어 둔 옷장 앞에 잠시 어떤 형태로 나타났고 와 아직 어리네 열아홉 살처럼 보이는 스물세 살 같다고 생각하다가 아니야 마지막으로 봤던 스물일곱 정도에 가까운 것 같기도 하고. 지금 연락을 해도 이상하거나 어색하지는 않겠지만 선뜻 하게 되지는 않았다. 그 대신 내일 부산항에 가 보아야겠다고 생각했고 부산에 오면 이런 식의 느슨한 다짐과 목표로 시간들이 채워진다. 잠깐 보이다 사라진 조민형이 마치 실제로 나타났던 듯 그 앞을 지날 때 왠지 여전히 조민형은 이런 표정을 짓고 있지 않을까 생각했다. 얼굴을 구기며 환하게 웃는 표정. 그런 생각을 하다 그날은 오랜만에 기억난 술집으로 저녁을 먹으러 나섰던 것이다.

저녁을 먹고 돌아와서는 피곤했지만 이대로 자면 안 될 것 같아 옷만 갈아입고 한참 텔레비전을 보다가 가끔 술 취한 사람들이 신이 나서 내는 소리들 야! 야! 어이! 어이!를 듣다가 이어지는 말들을 자세히 들으려 창문을 열어 놓고 그러자 들어오는 바람에 뺨이 식어 갔다. 옷을 간단히 입고 편의점에서 보리차와 인스턴트 커피를 사서 돌아와 씻고 잤다. 깨지 않았고 꿈을 꿨을지도 모르겠지만 기억나는 것은 없었다.

아침에 일어나 간단히 조식을 먹고 쉬다가 나가기 전 전날 산 코트를 다시 걸쳐 보았다. 무거울 리가 없는 옷인데 이상하게 무겁다고 생각하면서 주머니에 손을 넣자 뭔가 들어 있었고 꺼내 보니 귀걸이 한 쌍과 일본 교통카드 두 장이었다. 아마 귀걸이 때문에 무겁다고 느꼈을 텐데 귀를 뚫지 않아도 찰 수 있는 클립형이었고 나선형의 꼬인 모양으로 엄지손가락만 한 크기였다. 크네 이런 걸 누가 하고 다녔을까 생각하며 해 봤는데 막상 아주 어색하지는 않았다. 교통카드라고 생각한 쪽은 실제 교통카드인지는 모르겠지만 이전에 일본 여행 갔을 때 패스권으로 쓰던 카드와 비슷해 보였고 뒷면에 정류장 이름과 날짜가 찍혀 있었다. 손바닥에 올려놓고 보니 역시 꽤 무거웠는데 옷 가게에서 체크하지 않은 걸까. 아니면 옷 가게 사람 물건일까 아니면 옷이 이곳저곳을 거치는 동안 아무도 관심이 없었을 수도 있다. 나도 처음 걸쳤을 때는 몰랐으니. 주머니에 있던 것을 꺼내 호텔 화장대 위에 두고 옷을 챙겨 입고 나왔다. 이것은 마치 나의 물건이고 외출하고 돌아와 자연스럽게 주머니에서 립스틱 라이터 껌 종이를 꺼내는 것처럼. 구겨진 영수증 팸플릿 영화 티켓 담배와 인스턴트커피 지갑 동전 지폐 마스크나 아로마 오일…… 쓰다 보니 주머니에서 나올 수 있는 물건은 무궁무진하네요. 아 그러나 실감이 나는 것은 교통카드와 귀걸이 같다. 여러 가지를 떠올려 봐도 글쎄 구겨진 영수증 정도가 걸맞을까. 아무튼 주머니에 들어 있던 귀걸이와 카드 두 장을 화장대 위에 올려두고 나왔다. 아마 밤이 되어 호텔로 돌아오면 너희들이 누구였지 잠시 낯설게 여기게 되겠지.

　조민형을 생각하다 부산항에 가게 되었다고 할 수도 있겠지만 부산항은 호텔에서 그리 멀지 않았고 가볍게 걷다 보면 닿는 곳이니 전날 밤 순간 정확하게 떠오른 조민형의 웃음 같은 닿을 듯이 생생했던 감각이 가볍게 부서지고 나는 새로운 날이 기껍고 햇살이 눈부셨고 길가의 식당이 내어 놓은 파라솔이 만들어 낸 그림자를 보며 걸었다. 걷다가 초량시장을 구경하다가 왠지 허기가 져 기사식당으로 가 밥을 먹는데 24시간 영업이라고 되어 있지만 이런 곳에는 왠지 점심시간에만 오게 되고 늘 자리를 채운 근처 직장인들 사이에서 이상하게 한가하다가도 조금 쫓기는 기분을 동시에 느끼며 밥을 먹는다. 달고 맵게 볶은 고기를 먹고 무생채를 먹고 밥을 먹을 때는 앞으로 뭐를 할지 이제까지 뭐를 하려고 생각해 왔는지 잠시 잊게 되고 그렇지만 곧 계속 문을 열고 들어오는 사람들을 보며 얼른 먹고 나가야겠다는 생각을 한다. 기사식당 옆의 김밥집에는 김초밥과 유부초밥을 판다고 써 있었고 안 까먹는다면 저녁에 돌아올 때 여기서 김밥을 사서 돌아가야겠다고 생각했다. 이런 식으로 부산에 자주 왔지만 가야 할 곳 언젠가 갈 곳 가게 될 곳 다른 사람과 온다면 갈 수 있는 곳들이 구글맵에 핀이 꽂히듯 꽂힌다. 여기에 다시 올 것이다 나는.

    부산항 여객터미널까지 가는 길은 늘 사람이 없고 다들 차를 타고 다니는 걸까 그러고 보니 부산역에서 여객터미널까지는 종종 와 봤는데 초량 방향으로 돌아서 가 보긴 처음이었다. 희고 커다란 배가 바다 위에 떠 있는 장면을 보기 위해 걸었고 오랜만에 날씨는 좋았지만 아직 공기는 쌀쌀했다. 조민형을 처음 마주친 곳은 여객터미널이었는데 지금 내가 향하는 곳이 아니라 옮기기 전 그러니까 중앙동에 있던 때의 여객터미널이었다. 왜 이렇게 금세 새로운 것에 익숙해지는지 모르겠지만 이제는 커다랗고 새것인 터미널이 원래 알던 곳 같다. 아니면 너무나 목적이 분명한 곳이라 그러니까 이곳이 천천히 시간을 보내는 곳이 아니라 배를 타고 배에서 내린다는 분명한 목적이 있는 곳이기 때문에 옮기거나 바꾸거나 하는 일에 금세 적응을 해 버리는 것인지 모르겠다. 바뀌기 전 터미널은 낡고 크고 오래되고 조금 덜컹거리는 느낌이었지만 사실 나는 그것이 더 좋았다. 배를 본다는 실감이 배를 탄다는 실감이 확실했다. 나는 오사카행 배를 타러 가는 길이었고 조민형은 오사카에서 부산에 도착한 사람이었다. 조민형은 상반신만 한 배낭을 메고 짧게 깎은 머리에 카키색 점퍼를 입고 있었고 나는 시간이 남아서 터미널을 천천히 걷고 있었다. 데운 쌍화탕을 매점에서 팔고 있었고 마치 기차여행처럼 삶은 계란이 보였고 어묵은 가게마다 파는지 여기저기서 냄새를 풍기고 있었고 가게마다 배 멀미약을 판다는 안내가 붙어 있었다. 조민형이 왜 인상에 남았느냐면 그 사람도 나처럼 터미널을 천천히, 먹을 것이 별로 없어서 하나 쥔 사탕을 천천히 녹여 먹듯이 그 공간을 천천히 누비고 있었고 바싹 깎은 머리카락 사이로 십자가 모양의 타투가 눈에 띄었기 때문이다. 어떤 일본인은 나에게 영어로 길을 물었고 나는 나도 처음 와서 모른다고 답하고 그때 옆에 있던 조민형이 일본어로 대답을 하고 또래로 보이는 일본인 남자애는 환하게 웃는다. 나는 그 옆에서 트렁크를 세워놓고 배멀미약이 필요한가 보통 그렇게 커다란 배는 멀미를 안 한다는데 생각했다. 시간이 많이 남았기 때문에 그 생각을 천천히 아껴서 하다가 관두었다. 마르고 비슷한 키의 두 남자는 일본어로 이야기를 하고 나는 알아듣는 몇 개의 단어로 두 사람의 이야기를 추측하다가 시간을 보다가 가방에서 책을 꺼내 읽었다. 여객터미널의 창은 커다랗고 햇살은 공평하게 쏟아진다.

   오사카―
   오사카―
   부산―
   부산―
   사카―
   사카―
   풋볼!
   풋볼!

두 사람 모두 한동안 일본어로 이야기를 나누고 나는 오고 가는 단어들이 축구공처럼 아니 농구공처럼 여객터미널 창과 창 사이에서 튀어 오르고 있다고 느낀다. 한참 이야기하던 두 사람은 핸드폰으로 뭔가를 주고받고 노트에도 서로 뭔가를 쓰고 왜인지 껴안고 머리가 긴 일본인 남자애는 조민형처럼 등에는 커다란 배낭을 손에는 커다란 가방을 들고 햇살 속으로 걸어 들어갔다. 문을 나갈 때 뒤를 한 번 돌아보았고 손을 가볍게 들었다 내리고 조민형도 웃으며 손을 들어 흔들고 나는 마치 조민형의 일행처럼 웃었다. 우리는 나란히 터미널에 있고 그 사람은 출발을 하기 때문이었을지 모르겠다.

일본어 되게 잘하시나 봐요.
예전에 살았어요.

나는 무슨 이야기 했느냐고 묻고 가볍게 오가던 사카 사카 풋볼 풋볼 똑같은 뜻의 사카와 풋볼을 생각했다. 아 부산에 왔는데 자기 뭐 모른다고 대학 안 가고 돈 벌 건데 일단 여행부터 한다고 뭐 그런 뭐 자기소개? 뭐 모르니까 연락해도 되겠냐 저도 좋거든요. 나는 내가 곧 배를 타고 떠난다는 사실이 순간 어색하게 느껴졌고 스스로 부산에 사는 것처럼 부산은 모르지만 한국인이니까 한국어는 할 줄 아는데 순간적으로 이곳을 아는 사람 이곳에 속하는 사람으로 믿어 버렸다. 나는 이제 오사카로 가는데 어디가 좋았느냐고 묻고 그 사람은 일주일은 친구네서 놀았고 그 다음에는 친구 자전거로 여기저기를 다니다가 돌아와 며칠 더 친구네서 묵다가 열차 패스를 사서 그날그날 공원에서 자기도 하고 게스트하우스에서 묵기도 했다고 했다. 돈도 없고 늘 편의점에서 사 먹어서 아는 것도 없다고 했다. 그런데 어디 공원은 예쁘니까 가 보라고 적어 주었다. 여기가 어딜까 도착해서 찾아봐야지. 그러다 시간이 되어 자리에서 일어났다. 조민형은 계속 그 자리에 앉아서 가방을 정리하는지 안에 든 것들을 꺼냈다 넣었다 하고 있었다. 나는 패키지로 예약을 했고 약속한 시간이 돼서 터미널 안 지정 장소에 가자 여행사 직원은 투명 지퍼백에 관광 명소와 지하철 노선도를 복사한 프린트물을 건네주며 혼자 온 사람은 둘뿐이라 둘이서 같이 방을 써야 한다고 내 또래로 보이는 여자분을 손으로 가리켰다. 그 사람은 수영이었고 우리는 5박 6일을 함께 같은 방에서 묵었다.

바다 위로 햇살이 부서지고 있었고 커다란 흰 배는 환하고 그 너머로 부산의 언덕과 언덕을 따라 들어선 집들이 보이고 움직이는 배는 없지만 약하게 찰랑이는 바닷물이 보다 보면 보였다. 20분쯤 지나자 뚜우 하고 낮은 소리가 내가 앉아 있는 벤치까지도 들렸다. 그걸 왜인지 녹음해야겠다는 생각이 들어서 휴대폰으로 영상을 찍었다. 나중에 움직임 없는 배와 고동 소리를 들으며 이걸 왜 찍었더라 하게 되겠지? 왜 그랬더라 왜 한 것이지 어떨 때는 사소한 것들에서 벗어날 수가 없는 것처럼 느껴진다. 그런데 사소한 것들을 다시 하고 하고 그것을 또 반복하면 조금씩 다른 곳으로 몸을 옮길 수 있다. 어디에서 어디로? 이 골목에서 다음 골목으로 아마도? 날이 조금 더 따뜻했다면 벤치에 누워서 낮게 퍼지는 소리를 들었을 것이지만 추웠고 미리 사서 가져온 커피는 이미 많이 마셔 버렸다. 낮은 소리가 끝날 때까지 한참 동안 바람을 맞으며 흰 배를 바라보았다.

수영과 나는 웃으며 인사하고 수영은 별로 춥지 않은지 2월인데 가볍게 입고 있었다. 나는 그게 일본에 처음 가 본 것이었고 수영은 이전에도 여러 번 와 봤다고 했다. 실제로 일본은 한국보다 훨씬 따뜻했고 얇은 점퍼의 수영이 적당한 차림이었다. 아니면 부산이 서울보다 따뜻했기에 수영은 부산에서 입던 대로 입고 온 것일지도 모르겠다. 거의 아무것도 정한 일정이 없는 나에 비해 수영은 몇 가지 정해 둔 것이 있었고 일본어도 잘해서 나는 따라다니기만 해도 마음이 편했다. 아는 게 없었지만 모든 것이 새롭고 신이 났고 즐거웠는데 지금 이곳에서 떠올리니 벤치에 앉아 있는 나는 춥고 그때의 나와 수영은 따뜻한 공기 속 외투를 팔에 걸치고 좁은 골목길을 걷고 있고 두 사람의 그림자는 길어진다. 도착한 날 밤은 수영이 이끄는 대로 동네 식당에서 볶은 국수를 먹고 주인 할아버지는 여행 왔느냐고 묻고 나는 따뜻한 물을 마실 수 있는지 물어보고 수영은 대신 물어봐 주고 잔뜩 먹고 돌아오는 길에는 초록색 공중전화가 있고 이 길을 기억해야 하는데 길을 잃으면 안 돼 잊지 말고 제대로 돌아와야 하는데 애쓰는 나 애쓰며 즐거워하는 사람이 걸어가고 나도 그 길을 대체 어디쯤이었는지 이제 와서 대체 어디였을까 더듬어 보지만 어둡고 불이 꺼진 길은 어느 곳에나 있고 없더라도 있다고 곧 믿어 버리게 된다. 나중에 어디선가 이곳은 위험한 동네라 숙박비가 싸서 배낭 여행자들이 자주 묵는다는 이야기를 들었는데 예약 내역

이 남아 있을까 다시 배부르고 신이 난 두 사람의 뒷모습을 바라보고 그러다 아침이 되면 자기 몸보다 큰 기대에 부풀어 숙소를 나오는 두 사람은 커피가 중요하다고 말하며 편의점에 들러 캔 커피를 사 마시면서 다시 진짜로 커피를 마시러 가야 한다고 발걸음을 옮기고 있다.

지금 바라보는 흰 배 너머로는 여객선이 아니라 화물 컨테이너가 끝없이 펼쳐져 있을 것이다. 화물선은 부산항으로 쉬지 않고 오가고 항구까지 오지 못하는 배들은 바다 위에서 검사를 받고 화물을 보낸다고 했다. 이 근처에서 근방을 지나는 버스를 타면 모든 것이 보였다. 기차를 타고 넓게 펼쳐진 논밭을 바라보듯이 해안가를 달리는 차 안에서 바다를 바라보듯이 버스의 창 너머로 컨테이너는 그렇게 광활하게 펼쳐져 있다.

그러니 밀수를 어떻게 잡겠습니까. 못 잡아요 못 잡아. 마약을 가져와도 잡히는 건 잡히겠지만 그게 다인지 누가 알겠습니까.

이 이야기는 누구한테서 들었더라. 아마도 혼자 술을 마실 때 밥을 먹다 뒤에 앉은 아저씨들의 대화를 들을 때. 어떨 때는 뜬금없이 조용한 카페에서 커피를 마시다 의외의 이야기를 듣게 되기도 한다. 예전에 전포동 카페 거리의 한 카페에서 커피를 마시다 자신이 본 중독자 이야기를 줄줄 풀어 나가던 중년 남성과 20대 초반 여성을 본 적이 있었는데 카페에는 나와 그 사람들을 빼면 아무도 없었고 클래식FM 라디오 방송 사이사이로 1980년대로 거슬러 가 당시 약국에서 팔던 수면제로도 사람이 얼마나 맛이 갈 수 있는지 설명하는 목소리가 들리고 이 사람은 마치 대본이 있는 듯 이야기를 잘했고 자기가 본 걸 말하지만 자기가 해 본 이야기로만 들렸다.

어느 곳 이상 넘어가면 끝인데 그 끝이 어딘지는 가 본 사람만 안다는 거야.

이런 대화를 떠올리면 카페에서 벌어질 수 있는 이야기는 너무나 많고 커피는 너무나 중요하고 커피는 너무나 중요하다고 여기며 오사카의 아침 거리를 들뜬 채 걷고 있는 두 사람은 정확한 길을 가고 있다는 생각이 이제야 든다.

    터미널에서 나오며 아마 이전에 갔던 중앙동 터미널은 국내 여객선이 오가는 곳으로 바뀌었다고 했었나 더 들어 보고 부산에서 배를 타고 제주도 여행을 갔던 친구 이야기를 들어 보면 그것도 꽤 재미있다고 했던 것 같은데. 잊지 않고 김밥집에 들러 김초밥을 사서 가방에 넣고 나에게도 커피는 중요한데 들뜬 발걸음으로 커피를 마시러 가던 두 사람 지금 다시 마주친다면 정말로 한 번에 알아볼 수 없을 것 같은 사람들 그러나 어딘가를 향하고 있을 때 두 사람이 함께 따라와 걷는 것 같다. 그럴 때 알려 주는 것을 받아들일 수 있고 물어보는 것에 대답할 수 있고 믿을 수 있는데 그렇게 입을 벌리고 떠 주는 것을 먹고 눈앞의 손을 잡고 걷다 보면 조금씩 흔들거리며 걷는 사람들이 보이고 누군가 나를 내가 보는 것을 함께 보고 있다는 것을 다음 코너를 돌 때까지 계속된다는 사실을 나는 그것을 여러 번 다시 부를 수 있다.
    커피를 마시며 이걸 모닝이라고 해 모닝? 이렇게 진

한 커피랑 빵 같은 걸 먹는 걸 그렇게 부르는 거. 수영이가 알려 주던 기억이 떠오르고 우리가 언제부터 그래요 좋아요에서 그래 그래로 점프했을까 잠깐 생각하고 커피를 마시는 두 사람의 맞은편에는 할아버지가 커피를 마시며 신문을 본다. 커피를 마시러 갈 때마다 할아버지들이 있었다는 것이 중요한 사실인 듯 갑자기 떠오르고 커피를 마시며 수영은 가이드북을 확인하고 펼쳐서 무엇이 더 좋냐고 물어본다. 아마 다 좋다고 했겠지? 그날은 함께 고베에 가고 다음 날은 각자 나라와 교토로 흩어지고 그 다음 날은 함께 오사카를 돌아다니고 그 다음 날은 가장 좋았던 하루를 각자 혹은 함께 반복하고 그리고 다음 날 부산으로 가는 배에 오르게 된다.

배에 탄다는 것 외국으로 가는 배에 탄다는 감각이 최근 몇 년간 너무 멀게 느껴져서 나는 신이 난 두 사람을 따라가다가 몇 번씩 배를 타던 순간이라던가 배에서 내려 입국하는 순간이라던가를 여러 번 반복해 봐도 그 감각이 멀고 멀어서 해 본 적 없던 일처럼 느껴진다. 했던 것이 아니라 알던 것을 반복해 보는 것 같다. 그렇게 반복하는 도중에도 멀리서 그런데 말야 시간이 지나 실제로 다시 하게 되면 또 달라질 거야 말한다. 어깨를 흔들면서 다시 하면 다르게 되고 또 다르게 된다고 일깨우듯 말한다.

고베에서는 외국인들이 살던 오래된 저택을 봤고 그 근처에서 무척 비싼 커피를 마셨고 식사로 무엇을 먹었는지는 기억나지 않지만 저녁에는 시청 옥상에서 야경을 보았다. 가는 길에 길을 헤매서 여러 번 왔다 갔다 하다가 길 가는 회사원처럼 보이는 여성에게 물어보았고 그 사람은 무척 친절하고 자세히 가야 할 길을 알려 주었다. 무슨 이야기가 오가는지 알 수 없었지만 활짝 웃던 얼굴과 일행 셋에서 의논을 하면서 이게 아냐 아냐 아냐 이렇게라는 느낌으로 이야기를 하다 알려 주던 것이 떠오르고 가는 길에서였는지 무라카미 하루키가 고베 출신이래 일본에서는 고베 출신이라고 하면 뭔가 좀 세련된 느낌? 말하던 수영.

이 이야기를 다른 사람에게서도 들은 것 같은데 누구였더라 아마 옷 가게 사장일 것이고 그 사람은 다른 국제시장 가게 사장들을 무시하며 종종 다른 가게들은 옷이 아니라 재료로 분류되어 크게 들어오는 옷 더미에서 세금도 내지 않고 가져다 판다고 말하며 본인은 늘 고베의 옷 가게에 들러 정확히 세금을 내고 수입을 해 온다고 말했다. 나는 고베에서 하나씩 보고 가져오잖아. 고베가 진짜거든 거기가 좋은 물건이 많거든 하고 말하며 옷을 건네고 돌아보면 조금 피곤해 보이는 얼굴에 두꺼운 입술이 도드라졌다. 우아하지 않고 사나운 느낌인데 입을 다물고 있을 때의 피곤한 얼굴에서는 더 많은 이야기를 발산하고 있었다.

커피를 다 마시고 좀 더 걸을까 호텔로 돌아갈까 생각하다 호텔로 향했다. 점심일지 저녁일지 간식일지 헷갈리는 김초밥을 들고 호텔로 돌아왔다. 화장대 위에는 교통카드와 귀걸이와 이미 마른 녹차 티백과 머그컵이 있었다. 옷을 벗고 침대에 누워 침대 옆 테이블에 김초밥을 놓고 두 개를 연달아 먹고 화장대에서 카드 두 장을 가지고 다시 침대로 돌아왔다. 하나에는 이오 카드 5000이라고 써 있었고 cassiopeia라는 열차 사진이 박혀 있었다. 뒷면에는 아무것도 찍혀 있지 않았다. 다른 하나

에는 패스넷이라고 쓰여 있고 장소는 알 수 없지만 숲속 계곡 사진이었다. 뒷면에는 몇 번 사용을 한 것인지 첫째 줄에는 12多も玉川와 10立北이 나란히 쓰여 있고 두 번째 줄에는 国分寺14SB라고 쓰여 있다. 두 번째 지명은 고쿠분지라고 읽는데 첫 번째는 알 수 없었고 승차역-하차역을 표시하기 위한 조합 같았다. 찾아보니 두 카드 모두 충전식 교통카드로 발매가 중단된 지 10년이 넘었다고 한다. 발매를 멈춘 지는 오래되었지만 사용이 가능한 곳이 있다고 하니 계속 사용했던 것일까 일본의 누군가는? 아니면 이 옷은 몇 년을 떠돌다 여러 옷들과 함께 부산으로 실려 온 것일까.

고베에서 돌아오던 길이라던가 함께 오사카 이곳저곳을 돌아다니던 일은 하나도 떠오르지 않지만 매번 근처 지하철역에서 내려 아 이제부터 길을 외워야 해 다짐하며 정신을 집중하려 애쓰던 것 그럴 때 옆에서 저기 편의점 있잖아 밤에도 보이니까 저걸 봐 하던 목소리 오사카에서 돌아올 때는 각자 다른 선실로 안녕 안녕 연락하자고 손을 흔들며 흩어졌는데 부산에 내리자마자 나란히 줄을 서서 웃던 기억이 이어지고. 짐을 끌고 나왔을 때 수영은 멀리 있는 누군가를 향해 손을 흔들고 나는 마치 수영의 일행처럼 웃으며 나도 아는 사람인 것처럼 웃는 얼굴을 하고 맞은편을 본다. 조민형은 놀라지도 않고 같이 오네라고 말하고 익숙하게 수영의 짐을 받는다. 사촌 사이라고 했는데 사촌끼리도 이렇게 친하구나 놀랐다. 수영과 둘이 헤어질 때에는 그런 약속이 바로 나오지 않았지만 셋이 되자 바로 오늘 저녁에 만나자는 약속이 만들어졌다. 오사카에서도 고베에서도 나는 수영을 따라다녔는데 부산에서도 수영이 이끄는 대로 시장 안 닭도리탕집에서 저녁을 먹는다. 그해는 그다음 해는 부산에 갈 때마다 두 사람에게 연락을 했지만 마지막으로 연락한 게 언제더라.

    저녁을 먹은 세 사람은 피곤했을 텐데 어째서인지 가방을 호텔에 맡기고 다시 나와 커피를 마시고 술을 마신다. 이전처럼 온몸으로 신나 하지 않는 두 사람이지만 이제 서로를 이해한 것 같은 몸짓을 하고 있다. 조민형은 터미널에서 마주쳤던 일본인과 이제 친구가 되었다며 그 친구를 부르고 그 애는 마치 여행 첫날 잔뜩 들떠 있던 나와 수영처럼 신나는 걸음으로 숙소에서 빠져나온다. 아무튼 돈이 없었다. 돈이 없는 네 사람은 계속 걷다 용두산 공원 정자에서 맥주를 마시고 새우깡을 먹고 얘 이름은 조지야. 뭐야 진짜 이름이야? 진짜 이름! 진짜 진짜 이름! 조민형과 조지의 대화는 이전처럼 농구공처럼 통통 튀어 오르지 않고 느릿느릿 그러다 한 번씩 술잔을 부딪치는 것처럼 소리를 내며 만난다. 사카 축구 고등학교 때까지 축구선수였대. 우와. 정자에 누워 세 사람의 일본어 대화를 들으며 왜인지 어느 순간은 알아듣는 것만 같다. 나는 영어로 수영이 좋아! 재밌어! 외치고 수영이는 미투라고 외친다. 조지는 며칠 사이에 한국어를 배운 건지 진짜 좋아 진짜 좋아 중간중간 말하고 아 이러다 내일은 완전히 뻗을 것 같아 이틀 후 바로 출근이라는 수영이 대답한다.

배에 타려면 뭐 해양대학 이런 데 가야 되잖아.
갑자기 무슨 배?
아니 배 타고 자주 왔다 갔다 하니까 배 재밌지 않나?
나는 배에서 탕 안에 있을 때 좋던데. 탕 안에 있는데 막 무슨 해상선? 국경? 이런 거 지나는 거잖아.

　조민형은 당장은 아니지만 크루즈 회사에 시험을 볼 거라고 했다. 수영은 붙으면 공짜로 태워 달라 말하고 조지에게 상황을 설명해 주고 조지는 오 나도 나도 나도 한국어로 말한다. 돌아올 때 나와 같은 방을 썼던 할머니는 70살이 넘은 재일교포였는데 경로우대가 돼서 뱃삯이 싸고 열 번을 타면 한 번이 무료기 때문에 심심하면 부산으로 배를 타고 와 찜질방에서 자면서 목욕을 하고 친구들도 만나고 장을 보고 돌아온다고 했다. 오사카를 대판이라 하고 교토를 경도라고 했다. 배 안에는 젓갈을 담은 스티로폼 상자가 두 개 놓여 있고 자갈치 시장 말은 많이 들어 봤는데 한 번도 제대로 구경해 본 적은 없네 이렇게 상자째로 젓갈을 사 가는구나 생각했다.

　화장대 위 교통카드를 보면서 왜인지 조지를 떠올렸는데 조지 너는 도쿄 어디 사는데? 고쿠분지. 고쿠분지? 이름이 이상하네 생각했고 수년이 지나 도쿄에 갔을 때 중앙선 지하철 노선도를 보며 다시 고쿠분지? 아 고쿠분지 속으로 따라하며 웃었다. 앞으로 언젠가 다시 배를 타고 오사카에 가게 된다면 그때는 조민형을 생각할 예정인데 그게 언제가 될지는 모르겠지만 나는 늘 이런 사람들만이 나를 잊지 않았으면 좋겠다고 생각한다.

극동의 여자친구들

2월 말 어느 날이었다. 봄날처럼 따스하고 나른한 날씨였지만 여전히 사람들은 몸에 겨울 외투를 걸치고 있었다. 거리에서 받은 전단지를 손에 쥔 채로 걷는 것처럼 사람들은 겨울이 걸쳐 준 껍질을 벗을 생각을 못하고 있었다. 노란 햇볕이 비추는 거리를 그렇게 코트 차림의 사람들이 걷고 있다. 강주는 지난 밤에는 새로 시작한 아르바이트 자리에서 자기소개를 하고 다음 날 오전에는 역시 새로 시작한 워크숍에서 자기소개를 했다. 첫 번째 자기소개는 자기소개랄 것도 없이 그때 전화로 연락드렸던 누구누구인데요 잘 부탁드려요 정도의 인사였고 두 번째는 그보다는 조금 더 길었다. 제가 처음 움직임을 시작하게 된 이유는…… 편하게 말을 하려고 했는데 잘 되지는 않았다. 긴장하거나 수줍어하며 말하고 싶지도 않았고 그렇다고 각오를 보이거나 강한 의지를 드러내고 싶지도 않았다. 강주에게는 긴장과 각오 그 밖에 다른 모든 것이 충분히 있었지만 그때는 적당히 차분한 목소리로 너무 길지 않게 할 말을 하고 다음 순서로 부드럽게 넘어가고 싶었다. 그게 막상 입을 떼자 잘 되지는 않았지만.

강주가 처음 움직임 연구회 중부 지구를 알게 된 것은 근처 구청에서 일하는 친구를 만나 점심을 먹으며 걷다 본 연구회 간판 때문이었다. 작년 8월 말 여름이 끝나갈 무렵 강주와 친구는 건어물을 파는 중부시장 입구에서 만났다. 두 사람은 수많은 건어물 상점을 지나 상점에 진열된 건어물들과 당면과 해바라기씨 등을 지나며 열의 없는 표정으로 그렇지만 눈은 집중한 채로 열심히 쥐포와 멸치와 명란젓을 살피며 어 돌아올 때 살까 봐 쥐포란 것이 생각보다 비싼 것이구나 말하며 점심을 먹으러 갔다. 자연스럽게 이전에 한 번 가 보았던 식당으로 들어간 두 사람은 마주 앉아 쌈밥을 시키고 그때 만난 게 언제였더라 이야기하고 어느새 방금 살까 말까 고민하던 쥐포와 젓갈들은 잊어버리고 요즘의 일들을 이야기했다. 바구니에 쌓인 상추와 배추 쑥갓과 당귀잎으로 쌈을 싸 입에 넣으면서 어 그래그래 근데 있잖아 언제나처럼 그런 식으로 대화는 이어졌다.

강주의 친구 성민은 2년 전 이맘 때 남편과 이혼하였고 강주는 천안에서 하던 일을 정리하고 서울로 돌아왔던 작년 초에 성민을 만나 그 소식과 자세한 사정을 들었다. 그 이후로 성민과는 두어 달에 한 번씩 점심에 만나 밥을 먹고 커피를 마셨으니 다른 친구들과 비교하면 꽤 자주 만나고 있었다. 그날 강주는 밥을 먹고 손에 커피를 들고 좀 걷다가 성민을 사무실로 먼저 보내고 시장 근처를 걸었다. 여름이었지만 그리 덥지 않은 날이라 걷기가 힘들지는 않았다. 상점 주인이 술안주로 마시면 좋다고 뭔가를 열심히 설명하고 있었다. 건어물 상점들의 이름은 대개 담백했다. 강주는 군산상회 군산네 군산 형희네 같은 이름을 보며 군산이 들어간 이름이 많다는 생각을 했다. 군산이 건어물로 유명한 걸까 아니면 얼마 전 군산에 다녀와서 그것만 눈에 띈 것이었을까. 그렇게 시장을 천천히 돌다가 문득 뒤를 돌아보았을 때 강주는 쏟아진 햇볕이 시장 천막 사이로 삐져나와 선명한 흰 선이 바닥에 그어진 것을 보았다. 오래 걸었으나 걷고 또 걸을 수 있을 듯한 기분과 이만 집으로 돌아가야 할 시간이라는 기분 사이에서 아무 결심도 하지 않고 발을 계속 옮기던 강주는 오래된 호텔을 향해 난 왼쪽 골목에 있던 건물에서 움직임 연구회 중부 지구 간판을 보았다. 건물은 낡고 오래된 주변 건물 사이에서 비교적 얼마 안 된 새 건물처럼 보였지만 자세히 살피면 그럭저럭 20년은 넘어 보였다. 간판은 다른 간판보다 작고 눈에 띄지 않는 디자인이었지만 건물에 붙은 '움직임'이라는 말은 한 번 본 이후로 건물을 지나 걷고 또 걷고 지하철을 타도 머릿속에 붙어 떨어지지 않았다.

강주는 그 후로 근처를 지날 때마다 그 간판의 안부를 묻는 것처럼 그 앞에 서면 무슨 일이 생길 것처럼 무언가 기대하는 표정으로 그 앞에 섰다가 쥐포를 구경하러 가거나 러시아 식료품점에서 주전자만 한 빵을 사워크림과 함께 사서 가슴에 품고 집으로 향했다.

 친구가 근처에서 일을 해서 오가다 간판을 자주 봤거든요. 저는 발이 꽤 빠른 편인데 뭔가 마음이 급하고 자주 넘어져서 제가 뭔가 잘못 움직이고 있다는 생각 그런데 동시에 그것이 나의 움직임이라는 생각 그 두 생각을 똑같을 정도의 양으로 자주 했습니다. 어느 쪽이든 좋지만 스스로 어떻게 움직이는지 알고 나면 모든 것이 다르게 느껴질 것 같다고 생각했습니다.

 말은 차분하게 했지만 어쩐지 장황하게 느껴지는 소개를 하고 있을 때 중간에 문을 열고 들어온 남자가 등 뒤로 다가와 강주가 자신의 움직임을 설명하기 위해 움직이던 양팔에 자신의 팔을 붙이고 서서히 부드럽게 강주의 팔을 뻗게 했다. 강주와 남자는 등과 팔을 맞대고 각자의 팔을 서서히 움직였다. 남자는 천천히 조금씩 팔을 움직였고 왜인지 강주는 그것을 숨을 참지도 숨을 빨리 쉬지도 않은 채 평소의 호흡으로 따라갈 수 있었다. 처음에 입을 뗄 때만 해도 밤부터 아침까지 일을 해 정신이 없는 상태였는데 남자와 팔을 움직이기 시작하자 어느새 이 일에 몰입할 수 있었다. 자기소개를 제대로 마치지 못했지만 스스로가 이런 방식으로 움직인다는 것을 혹은 이런 움직임에 들어섰을 때 집중할 수 있다는 것을 보였으니 그것이 소개가 되었다는 생각이 들었다. 그 사람은 나중에 자기 이름이 윤보훈이라고 알려 줬다. 강주는 이런 곳에서는 서로를 애칭이나 별명 같은 것으로 부를 줄 알았는데 다들 평범하게 본명을 알려 주었다. 이전부터 연구회에 다니던 사람들은 간단히 이름을 말하며 고개를 돌리거나 어깨를 움직이는 짧은 움직임을 보여 주었다. 온 지 얼마 안 되었거나 하고 싶은 말이 많은 사람들은 이야기 중 천천히 팔을 뻗어 보이거나 옆 사람이나 책상에 고개를 기대며 이야기를 이어 나갔다. 그렇게 첫날이 지나갔다. 지하상가에서 칼국수를 사 먹고 집으로 돌아가 잠을 잤다. 여섯 시간쯤 자고 일어나 밤 근무를 하기 위해 다시 준비를 하고 나섰다.

새로운 일을 구하기 전까지 강주는 성민의 사촌언니네 가게에서 일을 하기로 했다. 동대문 시장 안에 있는 카페에서 커피 배달을 하는 일인데 새벽시장에서 일하는 상인들을 대상으로 하는 가게라 밤 10시부터 다음 날 새벽 6시까지 일을 했다. 시장 안에 있었고 도보 배달이라 일하는 내내 거의 대부분의 시간을 실내에서 근무해야 했다. 직접 사러 오는 손님들도 꽤 있어 일하는 중간중간 음료를 만드는 법을 배웠다. 강주는 학생 때부터 이런저런 아르바이트를 많이 해 보아서인지 금방 일을 익혔고 카페에서 일한 적도 있어서 음료를 금세 배워서 만들 수 있었다.

공기는 탁하고 눈앞에서는 옷과 모자와 장갑이 든 커다란 비닐 봉투가 쌓이고 움직인다. 움직이는 것. 부드러움 부드러움 부드러움 크고 부드러움 움직이고 움직이는 크고 부드러움이라는 말이 커다란 비닐 봉투를 볼 때면 툭 튀어나왔다가 곧 사라진다. 성민의 사촌언니는 성민과 별로 닮지 않았는데 누군가 배달을 나가면 누군가는 음료를 만들고 두 사람이 함께 여유롭게 있는 시간이 거의 없어 그런 이야기 그러니까 성민이랑은 별로 안 닮으셨네요 어 그래요? 에이 사촌이잖아요 근데 성민이랑은 언제부터 알고 지낸 거예요? 같은 이야기를 할 시간이 없었다. 그런 이야기를 한 적은 없었지만 그 장소와 일에 서서히 익숙해진 강주는 왠지 그래도 그 정도는 이야기한 것 같은 기분이 들었다. 그렇게 정신없는 와중에도 강주 씨는 발이 정말 빠르네 하는 말은 세 번이나 들었다. 그 이야기를 들을 때마다 어제 자신이 어렵게 털어놓듯이 말한 제가 어릴 때 운동을 해서 발이 빠르거든요. 발이 꽤 빠른데 그런데⋯⋯가 떠오르고 이어서 누군가의 목소리인지 모를 몸에 쌓여 왔던 질문들이 이어서 떠오른다. 발을 어떻게 움직이시는 거죠? 짧고 빠르게? 보폭을 넓혀서? 몸은 앞으로 숙이고? 가볍게? 아니면 힘을 주면서?

계절과 상관없이 상가 사람들은 대부분 아이스를 많이 시킨다고 했다. 어떻게 움직이는지 모르겠지만 발을 빨리 움직여 이것저것을 들고 옮기고 해치우다 보니 자정이 지났다. 12시가 넘었네 생각하고 또 뭔가를 정신없이 하다 보니 2시가 가까워졌고 성민의 사촌언니는 배달을 마치고 돌아온 강주에게 미숫가루를 건넸다. 달고 차가운 게 맛있었다. 아침이 되어 일을 마치고 가게를 정리하고 성민의 사촌언니 성혜와 함께 퇴근을 했다. 성혜는 아침을 사겠다고 조금만 기다렸다 먹고 가라고 말했다. 정리를 마친 두 사람은 나란히 설렁탕을 먹었다. 성혜는 설렁탕 둘이랑 소주 하나요 말하고 눈으로 소주? 물었고 강주는 맥주 주세요 말했다. 성혜는 강주가 발이 진짜 빨라서 너무 감사할 정도라고 했다.

그리고 맞아 손도 빨라.
마음이 급한 것 같아요. 그래서 빨리 움직이는 것 같은데 저한테 막 빠른 건 아니에요. 저는 더 빨리 할 수 있어요 마음으로는. 아니 실제로도.

성혜는 그 말이 웃기다고 웃다가 소주를 한 잔 넘기고는 그런데 강주 씨는 아주 현실적인 타입은 아닌 것 같다고 말한다. 강주는 또 맞다고 자기는 마음이 급해서 이런저런 생각을 잘 못한다고 말했다. 강주는 성혜가 자신을 아주 제대로 읽고 있다고 생각하면서 약간 풀이 죽은 채로 맞장구쳤다. 금세 배가 불렀고 술 냄새를 풍기며 지하철 역 앞에서 성혜와 헤어졌다. 강주는 지하철을 기다리며 의자에 기대 앉아 어딘가에 현실이 있고 그리고 그것이 나의 현실이고 나는 그 현실에서 가장 현실적이고 그런 나의 현실적임이 철저하게 다가올 때가 있는데…… 지하철이 멈추고 문이 열린 지하철에 올라타며 지금이 선명하게 그럴 때라고 강주는 말했다. 누구에게냐면 이렇게 확실한 자신의 현실에게.

금요일쯤 되자 일이 손에 익어서 여유도 조금 생겼다. 강주는 일을 마치고 바로 집으로 가지 않고 동대문시장을 나와 을지로를 향해 걸었다. 베트남 음식점에서 쌀국수를 먹고 훈련원 공원에 앉아서 커피를 마셨다. 아무도 없는 공원에 앉아 천천히 할 수 있는 한 가장 천천히 그럼에도 그 속도에 집중을 하며 팔을 뻗어 보았다. 왼팔을 뻗고 오른팔을 뻗었다. 속도에 집중해서 그런지 팔을 어떻게 뻗는가보다 지금 숨을 어떻게 쉬고 있는 거지 하는 생각이 더 많이 들었다. 다 뻗은 팔을 가만히 그대로 두었다. 이전에 연구회에서 해 보았던 것보다 어깨에 힘이 들어갔고 손가락 끝이 간지러웠다. 뻗은 팔을 다시 천천히 몸으로 가져와 무릎 위에 얹어 보았지만 뻗을 때만큼 집중해서 팔을 가져오기는 힘들었다. 그래서 다음번에는 오른쪽 팔을 그대로 벤치에 떨어뜨렸다. 이걸 다섯 번쯤 하다 보니 어느새 날은 더 환해지고 바닥에 바퀴가 구르는 소리가 나 돌아보니 스케이트보더 둘이 와 보드를 타고 있었다. 강주는 팔을 벤치에 둔 채로 팔이 자신과 무관하게 벤치 위에 떨어져 있는 것 같다는 느낌을 받으며 몸통과 팔 팔과 몸통 개별적일 리 없지만 순간 그렇게 느껴지는 모든 것을 생각하며 보드가 바닥을 가르며 내는 소리 그리고 멈추는 소리를 한참 들었다. 그렇게 한참을 듣다가 피곤이 몰려와 벤치에 상체를 뉘인 채로 소리를 들었다. 스케이트보드 바퀴가 바닥을 구르는 소리는 묘한 긴장감을 갖게 하는 소리라, 누운 몸 근처로 누군가가 계속 쉬지 않고 이 소리를 들려주면 좋겠다는 생각이 들었다. 바퀴가 구르는 소리 발로 보드를 멈추는 소리 넘어지는 소리와 보드가 날아가 바닥과 부딪치는 소리를 들었다. 보드의 바퀴가 바닥을 지나가는 소리와 을지로4가역으로 지하철이 지나가는 소리가 동시에 스쳐 갔고 열차는 머리에서 다리로 스치고 보드는 먼 곳에서 다리를 향해 곡선을 그리며 다가와 몸을 흔들 때 강주는 이것을 반복하고 싶다고 생각했다. 그렇게 되면 이것이 자신의 몸에서 반복되고 몸은 계속 울릴 것이다. 몸이 흔들렸다는 감각은 아무래도 착각이겠지만 어쨌거나 두 소리는 그렇게 합해져 짧은 순간 함께 울리고 있었다.

훈련원 공원을 나와 걷다 보니 미군 기지 부지 같아 보이는 곳이 나와 신기하다 생각하며 잠시 서서 구경했다. 아직 이른 시간이라 공사를 시작하지 않은 기지에는 A-1 A-2라고 숫자가 써진 삼각 지붕의 낮은 막사 같은 건물이 차분하게 서 있었다. 주변 땅은 파헤쳐져 있고 흙과 깨진 벽돌이 쌓여 있고 그 옆에는 공사 쓰레기들이 함께 쌓여 있었지만 건물만은 베이지색 건물에 붉은 갈색 삼각 지붕을 쓴 채로 그대로 서 있었다. 그 차분함이 신경 쓰여 강주는 지하철 안에서 을지로 미군 기지 방산동 기지 같은 말들을 검색해 보다 집으로 돌아갔다. 씻고 눕자 금방 잠이 들었다. 꿈에서는 방금 본 베이지색 건물이 나왔고 그곳은 왜인지 병원이라 강주는 환자복을 입고 이동식 침대 위에 누워 있었다. 누운 강주 주변으로 여러 대의 바퀴가 달린 이동식 침대가 나란히 늘어서 있었고 한 대씩 천천히 움직이며 강주 주변을 맴돌았다. 꿈속의 강주는 눈을 감고 잠에 들려고 애썼지만 이동식 침대의 바퀴는 계속 구르며 일정한 소리를 냈다. 강주는 이 소리를 알고 있다고 생각하며 잠이 들었다.

 춤을 조금 배웠는데 재미있었거든요. 잘했고 또 재미있어서 하루 종일 수업을 듣기도 하고 그랬는데 그때 대학을 휴학 중이었는데 학원 선생님이 남다른 재능이 보인다고 더 연습해서 지금이라도 입시 준비해 볼 생각 없느냐고 하니까 그때부터 부담스럽고 저는 막 긴장하고 기를 써서 해야 하면 의욕이 떨어지는 타입이라 암튼 그때 재미가 없어져서 관두었는데요. 그런데 그만두고 나니 왠지 또 하고 싶어져서 그 다음부터는 다시 마음을 먹고…….

 두 번째 워크숍에서는 지난주에 일이 있어 결석하였다는 머리를 양 갈래로 땋은 여자가 자기소개를 하였다. 희고 작은 얼굴에 밝은 갈색 머리를 한 여자는 작은 키와 몸집에 팔다리가 길었다. 계속 미소를 띠고 있었지만 몸을 전혀 움직이지 않는 채로 단호하게 서서 이야기를 이어 나갔다. 어느샌가 옆에서 끈이 건네졌고 강주는 끈을 쥔 채 여자를 바라보았다. 여자의 손에도 끈이 쥐어지고 여자는 끈을 쥐고도 여전히 꼿꼿한 자세로 이야기를 멈추지 않고 이어 나갔다. 여자는 자신의 이름이 애리라는 것으로 소개를 마치고 고개를 음? 하는 느낌으로 갸웃하다가 자신에게 주어진 끈을 당겼다. 사람들의 몸이 살짝 흔들렸고 어떤 사람은 다리에 힘을 준 채로 흔들리지 않고 이전처럼 꼿꼿하게 서 있다. 그다음에는 두 사람씩 짝을 지어 서로 끈을 당겨 보았다. 강주는 방금 전 자기소개를 한 애리와 짝이 되어 끈을 당겼다. 애리는 강주보다 키가 10센티미터는 작아 보였지만 의외로 힘이 셌다. 그리고 매 순간 집중하며 움직였다. 강주는 이 사람은 확실히 몸을 잘 쓰는 사람이라는 생각이 들었고 그때부터 좀 더 세심하게 애리의 움직임을 잘 살피며 반응하게 되었다.

얼마나 하셨어요?
저도 지난주에 처음 왔어요.

몇 개의 움직임을 연습해 본 뒤 두 번째 시간은 끝이

났다. 마지막에는 숨쉬기를 함께 연습했고 숨을 크게 들이쉬었다 잠깐 멈췄다 다시 내쉬는 것으로 마음이 편안해진 강주는 이걸 기억해 뒀다가 꼭 다시 해야지 생각했다. 그렇게 두 번째 워크숍을 마치고 강주와 애리는 함께 공원으로 향했다. 애리는 훈련원 공원이 어딘지 바로 알았는데 얼마 전까지 자신도 거기서 보드를 탔다고 말했다.

어렵지 않아요?
저는 그래도 재밌어서 연습을 엄청 했어요. 뭐든 좋아지면 시간을 들여서 계속 하는 편이거든요.
여기가 옛날에 조선시대에 이순신 장군이 훈련을 했던 곳이래요.
뭐예요 그런 건 또 어디서 배웠어요.

웃기다고 말하며 한참 웃던 애리는 강주에게 자기소개를 어떻게 했느냐고 묻고 강주는 애리의 뒤로 가 등을 맞대고 팔을 붙인 채로 천천히 팔을 들었다. 애리는 춤을 오래 춰서인지 마치 춤을 추듯 부드러운 곡선을 그리며 리듬감 있게 움직였다.

저는 우연히 길을 걷다가 움직임 연구소라는 이 간판을 발견했습니다. (애리 웃음) (강주 이어서 웃음) 저는 그때 친구와 점심을 먹고 헤어져 길을 걷고 있는 중이었습니다. 움직임이라는 단어를 보았을 때 그때까지 스스로 의식하고 있지는 않았지만 제가 이 주제에 대해 알고 싶어 하고 나의 움직임이라는 것을 해결하고 싶어 하고 있다는 것을 알게 되었습니다.

강주가 이전에 했던 자기소개를 애리 앞에서 말하기 시작하자 부드럽고 빠르게 움직이던 애리의 팔이 천천히 움직임을 거두고 둘의 웃음도 곧 잦아들고 두 사람은 팔이 맞닿은 채로 움직임 없이 움직임이 거의 느껴지지 않을 정도로 느리게 움직였다. 애리의 어깨뼈가 천천히 움직이는 것이 전해졌다. 강주는 자신이 정말 지난주에 이렇게 말을 했는지 안 했는지 그보다 평소 정말로 이런 생각을 했던 것인지 아닌지 정말일까 하는 생각이 들었지만 보드가 지면을 가르는 소리가 들리자 자신이 방금 했던 말을 자신이 품고 있던 문제로 완전히 수긍하게 되었고 강주는 다시 천천히 팔을 움직이고 숨을 쉬는 일에 몰두하게 되었다.

애리와는 공원 앞에서 헤어졌다. 강주는 지난주처럼 공원 바로 옆 기지 부지 앞으로 향했다. 지난주 지하철에서 찾아본 이곳에는 몇 년 전까지 극동공병단이 주둔했다고 한다. 1950년 한국전쟁 발발 직후 국방부에서 미군 측에 내준 공간이었고 그 이후 얼마 전까지 주한미군 공병대에서 사용을 했다는 설명이었다. 강주는 공병대라는 말을 속으로 반복해 보다가 다시 또 찾아보았는데 설명을 읽어도 완전히 이해는 안 되었지만 대충 부대의 설비나 건축을 담당하는 곳인가 보다 생각하게 되었다. 하지만 무엇보다 역시 극동이라는 말이 강렬했다. 그 말은 아주 먼 곳에 자신이 서 있는 느낌을 주었다. 처음부터 여기에 그냥 있는 것인데도 중심에서 멀리 떨어진 곳에 서 있는 기분이 들었다. 거기는 아니 여기는 사실 무척 춥고 먼 곳 같았다.

지난번과는 달리 점심이 가까운 시간이라 이미 공사가 시작되어 포클레인이 부지 땅을 파고 있었다. 미군 기지라고 쓰여 있지도 않았는데 어떻게 미군 기지인지 알

앉지? 강주는 마치 스스로에게 답을 주듯이 높은 담 위에 쳐진 철조망을 보았다. 철조망이 있고 높은 담이 있고 무엇을 하는지 모를 빈 부지가 있다면 서울 한복판이래도 기지가 아닐 수 없을 것이다. 서울 한복판이래도? 이미 서울 한복판 용산에 기지가 있으므로 더더욱 기지가 아닐 수 없었다. 강주는 군복을 입은 미군이 이곳을 오가는 모습을 떠올려 보려고 했지만 잘 되지 않았다. 지금 눈에 보이는 것이 단지 빈 부지이고 사람이 보이지 않는 막사이기 때문일 것이다. 제가…… 제가 이곳에 오게 된 이유는…… 오키나와에서 시작해…… 군인으로 평생을 아시아를 떠돌며…… 강주는 이곳에서 일하던 미군이 움직임 워크숍에 참석하는 것을 떠올려 보았지만 그 사람이 어떻게 생긴 사람이고 어떻게 움직일지 도무지 그려지지 않고 자꾸만 누군가의 자기소개를 지어내 매번 다른 버전으로 반복하고만 있었다.

  고개를 들자 멀리 을지상가라는 간판이 보였고 그보다 더 멀리에 동대문 상가 건물들이 보였다. 자고 일어나면 다시 또 저곳으로 간다. 지하철역을 향해 걸으며 강주는 애리와 팔을 맞대고 움직였던 일을 떠올렸다. 동시에 첫날 보훈과 움직였던 일이 꿈처럼 멀게 느껴졌다. 무척 자연스럽고 부드러운 움직임이어서 다른 사람의 몸이면서 다른 사람의 몸 같지 않았다. 보훈의 팔과 닿아 있는 자신의 팔도 너무나 자연스러워 자신의 팔 같지 않았다. 자신은 평소에 그렇게 움직이지 않으므로 도무지. 강주는 자신의 몸이 그렇게 자연스러울 리 없다는 것을 그것이 누군가와 함께했을 때 나왔던 움직임이라는 사실을 의식하게 되었다. 흐르는 움직임 마치 그것만을 원하는 것처럼 그걸 찾고 싶었다. 그러나 그것을 반복해도 이전과 같지는 않으리라는 쓸쓸한 깨달음도 동시에 강주를 찾아왔다. 그런 생각이 들자 첫날 자신이 뭐라고 자기소개를 했는지 정확하게 떠올랐다. 그것은 자신이 동시에 두 가지 생각을 똑같이 하고 있다는 것이었다. 자신의 움직임은 잘못되었고 그러나 그것이 자신의 올바른 움직임이라는 이야기였다. 열차를 기다리며 지도에서 공병대 부지를 찾아보았지만 훈련원 공원 위로는 아무런 표기가 안 된 텅 빈 부지만 있을 뿐이었다. 기지는 지도에 표시되지 않는구나. 확인하고 나자 그것은 무척 당연한 일이었지만.

오랜만에 평일 내내 일해서인지 다음 주는 컨디션이 좋지 않았다. 결근은 하지 않았지만 세 번째 워크숍은 몸살 때문에 결석을 하였다. 강주는 그 주 금요일 별다른 용건이 없었는데도 움직임 연구회에 들렀다. 연구회에는 보훈만 있었는데 강주는 마치 그걸 위해 이곳에 들른 것처럼 인사도 없이 팔을 다시 움직여 보고 싶다고 말했다. 보훈은 그보다는 머리를 한번 움직여 보라고 했다. 하나로 높게 묶은 강주의 긴 파마머리가 천천히 둥글게 돌아가고 강주는 이건 목을 움직이는 걸까 머리를 움직이는 걸까 생각하다가 머리가 정말로 왜 이러지 무겁다고 생각하다가…… 보훈은 천천히 돌아가는 강주의 머리를 어깨로 받치며 강주의 팔에 자신의 팔을 붙이고 천천히 걸었다. 강주는 그에 맞춰 천천히 걷다가.

이걸 어떻게 다시 해야 할지 모르겠어요.

이거 어렵다고 하더라고요. 저는 이게 원래 괜찮았어요.

그래서 여러 번 해 보려고 해요 저도.

계속 걸었다 어깨를 붙이고. 어깨와 팔을 붙이고 천천히. 한참을 그렇게 했다.

보훈과 강주는 연구회 건물을 나와 훈련원 공원도 지나 공병단 부지도 지나 공병단 부지와 국립중앙의료원 사이에 있는 콩나물국밥집에서 이른 점심을 먹었다. 옆집인 돼지갈비집은 밖에 의자와 테이블을 놓고 먹는 식이었는데 부지런한 사람들은 벌써 술을 마시고 있었다. 국립중앙의료원 입원 환자처럼 보이는 환자복을 입은 두 남녀가 마주 보고 앉아 돼지갈비를 먹으며 소주를 마시고 있다. 환자복을 입은 두 사람은 서로 알게 된 지 얼마 안 되었는지 설레고 들뜬 얼굴을 하고 있었다. 돼지갈비를 조금 먹다 소주를 세 잔 연거푸 마시다 담배를 피우며 웃었다. 보훈은 친구 아버지가 가출하고 떠돌다 쓰러지셨는데 이곳 응급실에 실려 왔었다는 이야기를 했다.

그때 제가 한가해서 물론 지금도 한가하지만 친구랑 같이 여기 병문안을 갔었거든요.

아. 그럴 때 어떻게 해야 할지 어려운 것 같아요.

그랬는데 저보다 친구가 더 어찌할 바를 몰라 하고 있어서 제가 막 아저씨한테 말도 걸고 그랬어요.

근데 여기 병원에서는 맞은편이 보이나요?

보여요. 뭐 하는지는 안 보이고요. 여기서도 보이기는 보이잖아요.

때마침 밥을 다 먹은 강주와 보훈은 그렇다면 가 볼 수밖에 없다는 생각으로 고민 없이 일어나 식당 바로 옆 을지상가 안으로 들어갔다.

친구 아버지는 요즘은 뭘 하시나요?

그건 좀 된 이야기예요. 그 친구랑 안 본 지 오래되어서요.

보훈은 회색 점퍼에 작업복 바지를 입고 있었고 강주도 크게 다를 것 없는 편한 차림이라 상가 안에서 일하는 사람처럼 보일 것이고 하지만 상가에서 일하는 사람들은 서로가 서로를 이미 다 알고 있을 것이었다. 옷차림은

별 상관이 없을 것이다. 강주는 아마 뭘 입고 있든 낯선 사람으로 보이겠지. 상가 통로는 좁았고 경비실 반대편 통로를 지나 공병단 부지가 보이는 방향으로 계단을 올랐다. 한 층 한 층 오르며 처음에는 막사 건물을 같은 시선에서 보다가 다음에는 지붕을 보다가 그 다음 층에서는 부지 전체를 내려다보게 되었다. 역시 단지 막사와 부지를 내려다보는 것으로는 아무것도 알 수 없었다. 아마 군인들이 오간대도 큰 차가 오가는 정도만 알 수 있을 것이다. 하지만 그걸 매일 기록하는 사람이 있다면 그러면 그 사람은 어느 순간 무슨 일이 벌어지는지 어렴풋이 알게 될지도 모른다. 이러한 차는 이러한 크기는 이러한 빈도와 시간은 처음이야 무슨 일이 벌어지는 걸까 우리에게 무슨 일이 우리에게 무슨 일이 우리에게 도대체 무슨 일이 하고 생각하게 되겠지? 계단에 서서 부지를 내려다보던 강주는 보훈의 어깨에 고개를 얹고 어깨에 어깨를 붙이고 팔을 자연스럽게 붙여 보지만…… 이것은 팔을 자연스럽게 움직이는 방법이 아니라 껴안는 것이고 하지만 껴안지는 않고 두 사람은 단지 어깨를 붙인 채였고 보훈은 강주의 양손을 아플 정도로 꽉 쥐었다 서서히 놓았다. 그리고 다시 부드럽게 쥐었다. 그때부터 두 사람은 다시 좀 전처럼 팔을 붙인 채 부드럽게 움직일 수 있었다. 손을 쥐거나 놓은 채로.

그 다음 주에 강주는 그 전주와 다름없이 여러 번 자기소개를 하게 되었다. 일단 시작은 성혜를 도와주러 온 성혜의 남편이었다. 강주는 성혜와 남매처럼 닮은 성혜의 남편에게 인사를 하였다. 이것도 성혜에게 한 것처럼 자기소개랄 것도 없이 유강주라고 하는데요 몇 살이랬지? 성민이 친구니까 동갑이지. 천안에서 이혼하고 서울로 오셨다고 하셨죠? 아니 성민이랑 이야기가 섞였네. 이 친구는 결혼 안 했다고 했어. 강주는 이런 상황에서 늘 아뇨 저도 했어요 라고 말하고 싶다는 생각을 하다 말았다. 저는 성민이보다 먼저 대학 졸업하자마자 결혼했는데 남편이 바람피워서 이혼을 했어요 같은 말이 늘 입 밖으로 튀어나오려 했다. 그러면 저 사람은 좀 참지 그랬어 하고 말할까? 그냥 듣고 있을까? 아이는 남편이 키우고 있고요. 그게 5년 전이에요. 벌써 그렇게 되었네요. 저는 그리고 저는 말이에요. 아 결혼은 안 했는데 같이 사는 친구가 있어요. 앞으로도 안 할 것 같아요. 얼마나 되었어요? 얼마나 되었더라. 그게 제가 말이죠…… 그니까 또 저는 뭐냐면.

두 번째는 천안에서 일하던 직장의 팀장과 팀장의 후임자와 만난 자리였다. 팀장은 이직을 하며 후임자에게 오래 일하다 관둔 직원이 있다고 말했다고 한다. 두 사람 모두 서울에 들를 일이 있다며 함께 만났다. 강주는 이것이 간단한 면접이 아닐까 생각하며 평소보다 신경 써서 입고 약속 장소에 나갔지만 의외로 아무 용건도 없이 웃고 떠드는 자리였다. 그러기에는 또 약간 어색하긴 했지만 말이다. 그렇게 백화점 안 식당가에서 처음 보는 사람을 소개받고 간단히 안부를 물으며 탕수육과 쟁반짜장을 먹고 나왔다. 하지만 백화점을 나오면서는 역시 면접 같았다고 강주는 생각했다. 그날 집 앞에서는 새로 이사 온 옆집 사람과 인사를 했고 때마침 계단을 내려온 집주인의 며느리에게도 이름을 말하고 그러다 보니 또 언제 이사를 왔고 무슨 일을 하는지 현관 앞에서 웃으며 이야기하게 되었다. 강주는 오늘 만난 사람들 중에서 집주인 며느리에게 가장 웃는 얼굴을 하고 가장 잘 보이려 애쓴 것 같다고 생각했다. 왜 그랬는지는 자신도 잘 모르겠지만.

하루 종일 제가 저는 아 그러니까 저는 제가요 이렇게 자신을 소개하고 다니다 보니 강주의 몸에서는 어느새 나는 나는 하고 목소리가 터져 나오기 시작했다. 이제 정말로 자기 자신으로 시작하는 이야기를 해야겠다. 그래서 지금부터는 내가 나는 나를 이라고 말하며 이야기를 해야지. 그게 자기소개를 지나치게 많이 한 주에 강주가 아니 내가 내린 결론이다. 뭔가를 많이 하다 보니 이런 결론을 내릴 수밖에 없었다. 피곤한 것은 아니었고 자기 전에는 스트레칭을 하듯 팔을 여러 번 뻗어 보다가 자리에 누웠다. 팔은 여기에 있다. 무엇보다 팔은 여기에 있다. 이제 곧 잠을 향해 가며 멀리 뻗어 나갈지 모르겠지만 지금은 여기에 있고 다음 번에 우리가 만난다면 나는 이 팔을 앞으로 뻗고 다가오는 얼굴을 손가락으로 천천히. 의식하기 시작하면 아주 어색한 스스로의 몸이 어떨 때는 자연스럽게 느껴지는 것처럼 아주 자연스럽게 맞닿았던 서로의 몸이 어느 순간 테이블 위 사과와 연필처럼 아무런 상관없이 여겨지기도 하겠지? 그러나 몸은 따뜻하고 몸에는 곡선이 있다. 그걸 잘 활용할 수 있을 것이다. 그런 생각을 하다 잠이 들었다. 오늘은 아무 꿈도 꾸지 않았다. 하지만 나는 모르는 것이 많으니까 그건 어쩌면 모를 일이다. 나의 꿈은 나처럼 빨리 일하러 가 버렸을지 모른다. 내가 남아서 열심히 잠이라는 상태에 머무는 동안에. 그러면 우리는 서로를 알지 못한 채 반복도 하지 못한 채 각자 일을 하며 살아가겠지. 그것까지도 모를 일이지만 말이다.

*

한동안 연락이 없던 강주를 다시 만난 것은 5월 말이었다. 이날은 점심때가 아니라 퇴근을 하고 오후에 만나 저녁을 함께 먹었다. 우리는 여전히 중부시장에서 만났고 맥주와 마시려고 쥐포를 사서 쌈밥집으로 향했다. 강주는 다음 달까지만 동대문에서 일하고 7월부터는 이전에 일하던 분이 옮긴 직장에서 일을 시작하게 되었다고 말했다.

그럼 이제 어디로 가는 거지?

어디로 안 가.

강주는 웃다가 대전으로 간다고 말했다. 왜 가끔 눈앞에 보이는 사람이 너무나 정다워서 곧 사라질 것같이 순간 느껴지는지 나는 정말 알 수 없었다. 내가 강주를 이렇게 좋아했나 잠깐 그런 생각을 하다가 막 나온 계란찜을 먹었다. 밥을 다 먹고 걷던 우리는 어느 골목 안 오래된 건물 사이 서 있는 갈색 벽돌 건물 앞에 멈추었다. 건물 2층에는 움직임 연구소라는 간판이 붙어 있었다. 시장 안의 5, 60년은 되어 보이는 건물들도 나름 매력적이었지만 오래된 건물 사이 선 단정한 벽돌 건물은 왠지 들어가 보고 싶게 만드는 느낌을 주는 곳이었다. 오래된 건물 사이 아주 새것은 아니지만 비교하자면 꽤 새것에 멀끔한 건물이라 눈에 띄었고 붉은 벽돌 건물은 단정한 느낌이라 신뢰감을 주었다.

움직임 연구소래.
움-직-임-연-구-소.

강주는 가만히 서서 간판을 바라보았고 요가 같은 걸 배우는 곳인가 그런 생각을 하며 강주에게 고개를 기댔다. 강주는 미동도 없이 바른 자세로 꼿꼿하게 서서 건물을 바라보고 있었다. 해가 지는 시간이 서서히 늦어지고 있었고 이걸 나는 매해 반복하면서도 매해 놀라워했고 우리는 아무 할 일도 볼 일도 없지만 처음 보는 건물 앞에 그저 서 있다. 선명한 주황색 황혼이 보라색 저녁과 만나는 하늘 아래 있는 것이 왠지 우리를 움직이지 못하게 만드는 듯 강력하게 느껴졌다. 아름다웠고 가만히 서서 건물 너머 퍼지는 색을 보는 것이 좋았다. 공기는 선선했고 대전은 그리 멀지 않다는 생각을 잠시 했다. 나는 한참을 강주의 어깨에 기댄 채 서 있었고 강주는 내 손을 잡고 팔을 천천히 펼치다 다시 내렸다. 새삼스럽게 강주의 팔이 길다고 생각했고 왜인지 그 순간 의지할 수 있는 팔처럼 단단하게 느껴졌던 것이 오래도록 기억에 남았다. 그날은 그렇게 어딘지도 모를 곳에서 가만히 서 있다가 언제인지 모르게 헤어져 집으로 돌아갔다. 건물이 있던 골목을 빠져나오며 본 오래된 호텔에 언젠가 묵어 봐야겠다고 생각했다.

그렇게 헤어지고 며칠 뒤 강주에게서 전화가 왔다. 급히 와 줄 수 없느냐는 이야기를 듣고 찾아간 곳은 동대문 근처 을지상가였다. 도난 사건으로 예민해진 상가 경비원 할아버지가 상가를 자주 드나들던 강주를 의심하고 있었다. 의심이라기보다는 추궁에 가까운 화풀이였고 묵묵히 참고 듣던 강주가 이야기가 안 끝날 듯해 친구가 구청 공무원이라고 나를 부른 것이었다.

아가씨는 구청에서 일하셔?

말없이 웃으며 명함을 건네고 재빨리 부모처럼 강주를 인계해서 상가를 나왔다.

아 괴로워.

강주는 빠른 걸음으로 걷다가 상가가 멀어지자 고개를 숙이고 주저앉았다. 그러다 언제 주저앉았냐는 듯 재빠르게 일어난 강주는 미안하다며 커피든 뭐든 사겠다며 구청까지 함께 걸었다. 카페가 보이자마자 말릴 틈도 없이 들어간 강주가 건넨 커피와 쿠키를 손에 든 채 구청으로 함께 돌아왔다.

전화 받고 뭐가 엄청난 일인 줄 알았잖아.
뭐가?
뭔가. 살인 사건이라든가.
(아무 말이 없는 강주)
농담이야.
아.
그러면 상가에 시체를?

미안해하는 강주를 웃겨 주려고 농담을 하였는데 강주는 전혀 웃지 않았다. 괜찮다고 안심을 시키려다 먼저 들어가는 편이 나을 것 같아 커피 고맙다며 손을 흔들며 들어갔는데도 강주는 여전히 긴장된 얼굴로 고개를 숙이고 있었다. 그게 서울에서 마지막으로 본 강주의 모습이었다. 이날을 떠올리면 종종 온몸이 뻣뻣하게 굳어 막대기처럼 서 있던 강주가 떠오르면서 살인 사건이라는 말에 긴장하던 강주의 얼굴이 이어진다. 완전히 농담이었는데. 강주는 어쩌면 처음 설명하던 것처럼 그냥 상가가 어떻게 생겼는지 궁금해서 들어가 본 것이 아니라 거기서 정말 뭔가를 했던 것이 아닐까. 어쩌면 경비원의 말처럼 뭔가를 훔친 게 맞을 수도 있겠다는 생각이 들었다. 그렇다면 뭘 훔쳤을까 뭘 망치고 뭘 흔든 걸까. 아니면 누구를 죽이고 누구를 해치고 무엇을 감추고 무엇을 파묻은 걸까. 종종 방에 혼자 누워 훔친 뭔가를 주머니나 가방에서 꺼내는 강주를 떠올려 보았는데 그럴 때마다 그걸 하는 강주의 움직임이 군더더기 없이 깔끔했고 아무 감정이 없어 보였다. 나는 그게 정말 맘에 들었다.

강주에게서는 한동안 연락이 없었고 무덥던 어느 날, 나는 강주와 함께 지냈던 골목 옆에 있던 호텔에서 하루를 묵었다. 회사 근처라면 근처였지만 이 근방은 골목마다 다른 표정과 뒷모습을 하고 있었고 나는 몇 분 전까지 회사에서 일을 하고 있었으면서도 몇 개의 골목을 통과하며 어느샌가 동대문으로 관광을 하러 왔다가 스스로의 들뜸에 지친 관광객 같은 얼굴을 하고 있었다. 호텔 근처에는 왠지 일제시대에 지어졌을 것 같은 건물이 여전히 건재했고 심지어 다다미를 만드는 곳도 있었다. 그 사이 조용하고 수수하게 서 있는 호텔은 지나치게 쌌고 방은 좁지만 아늑했다. 호텔 창으로 보이는 건물들을 보며 저기 어둠 속 어딘가에 을지상가가 있겠지? 강주는 거기서 누굴 죽이고 뭘 묻고 그러고 나서 뭘 훔친 걸까 생각하다 말았다. 휴가를 거의 쓰지 않고 일을 했다는 생각 가을쯤에는 강주를 보러 대전에 가 볼까 생각하다 씻고 잠이 들었다.

자다 깨서 맥주를 사러 호텔을 나섰을 때 호텔 주변은 지나치게 어둡고 오가는 사람은 없었고 아무도 없었기에 누군가 나타난다면 누구라도 나타난다면 나는. 멀리서 동대문 상가 몇 개만이 등대처럼 환했고 누군가 나를 보고 있다면 당신은 긴장한 채로 어찌할 바를 모르고 서 있다고 말하겠지. 그때의 강주처럼 보일 것이다. 당신 큰 곤경에 처해 있네 생각하겠지.

이날 내가 어떻게 간신히 힘을 짜내 곤경에 처한 나를 떠나 발을 움직여 편의점에서 맥주를 사서 마시다 잠이 들었는지는 기억이 나지 않았고 이 모든 밤길과 골목에 곤경에 처한 내가 남아 있는 것인지 곤경에 처하지 않은 내가 남겨진 것인지도 알 수 없었다. 그건 정말 모를 일이었고 그 길에서는 곤경에 처한 채 주저앉은 강주를 밤의 내가 일으켜 세울지 우리가 끊임없이 스쳐 갈지 혹은 누군가 우리의 어깨를 두드리고 뒤를 돌아보아야 할지 도망쳐야 할지 발이 묶인 듯 움직이지 않을 때 그럴 때 우리는, 우리는 도대체 어떻게 해야 하는 걸까?

만나게 되면 알게 될 거야

콧물은 코에서 나오는 물인데 추울 때 코에서 흘러나온다. 울 때 마구 울 때 매운 것을 먹을 때에도 코에서는 물이 나온다. 콧물은 손이나 휴지 손수건으로 닦아 줘야 한다. 안 그러면 콧물은 입까지 흘러 내려온다. 추울 때 흐르는 콧물을 그대로 두면 차가워진 콧물이 얼굴을 더 차갑게 만든다. 추울 때 눈물을 흘리면 눈이 따가워지고 눈물이 지나간 길은 차가워진다. 콧물은 코에서 나오는 물이고 코는 얼굴에 있다. 코 위에는 눈이 있고 서원이의 눈에서는 눈물이 흐르고 그렇게 서원이는 조용한 골목 건물 계단 앞에 앉아 있다. 한참을 울다가 고개를 들었을 때 맞은편에서 천사가 서원이를 향해 다가왔다. 천사는 서원이에게 손을 내밀어 서원이의 눈물을 닦아 주었다. 그리고 콧물을 닦아 주었다.

　서원이는 아직 죽지 않았다는 것을 알았다. 눈물이 나서 울었을 뿐이었다. 그런데 천사가 나타났다. 보자마자 천사라고 생각했지만 천사가 아닐 수도 있을 것이다. 하지만 다른 가능성은 생각나지 않았고 서원이는 그를 천사로 받아들였다. 천사의 이름은 쌀이라고 했다. 그런데 왜 이름이 쌀인가요? 저는 쌀처럼 희고 성격은 쌀쌀맞은 면이 있기 때문입니다. 쌀이는 정말 쌀처럼 희고 키가 크고 긴 손가락을 가지고 있었다. 너무나 예뻤기 때문에 서원이는 그를 본 순간 천사라고 생각했다. 쌀이는 추운 날씨에 회색 반팔 티셔츠에 블랙 진 그리고 짙은 푸른색의 섀미 블루종을 입고 있었다. 전혀 추워 보이지 않았다. 쌀이는 천천히 서원이에게 다가와 서원이의 머리를 귀 뒤로 넘겨 주고 눈물을 닦아 주었다. 콧물도 닦아 주었다. 닦은 콧물은 바지에 문질렀다. 이것을 어느 하루라고 생각하면 그 전날 있었던 일은 무엇인가. 아니다. 그것이 아니라 콧물을 기준으로 그 위에서 일어난 일 그러니까 코에서 일어난 일을 떠올려 보자. 그것은 작년의 일이었다.

    서원이의 집에 여름부터 기정이가 살게 되었다. 기정이는 서울 근교에 마당이 넓고 방이 여러 개인 집을 가지고 있었는데 어려운 상황에 처한 친구 두 사람이 있을 곳이 없어서 기정이는 자신의 집에 잠시 머무르라고 하였다. 기정이는 두 친구가 잠시 머무를 것이라 생각하여 서울의 작업실에서 잠을 자고 일을 하였다. 친구들은 서울에 있을 곳이 없어 떠도는 중이었다. 어쩌면 도주 중일지도 몰랐다. 그렇다면 무엇이 필요한가. 두 사람이 결혼하여 서류를 내고 그것이 통과된다면 두 사람은 서울에서 살 수 있을 것이다. 그런데 떠도는 사람들은 떠돌고 있다는 상태 무언가로부터 도주 중이라는 현재 상태 그 이상의 것을 생각하기가 어려웠고 그 이상을 생각하고자 하여도 그렇다 결혼이다!라고 결심할 수가 없었다. 그러한 결심까지 나아가는 데 시간이 필요했고 그 시간을 쓰기 위해 기정이의 집에서 살았다. 하지만 어쩐지 정해진 방식으로 해결하기에는 용기가 나지도 않았고 기껍지도 않았고 도주 중이라는 두 사람의 상황은 밥을 하고 밥을 먹는 눈앞의 일을 강하게 의식하며 그 일에만 집중하게 하였다. 그런 식으로 두 사람의 현재가 지속되었다. 기정이는 상황이 어려운 두 친구에게 나가 달라는 이야기를 꺼내지 않았고 그런 식으로 자연스럽게 머물 곳이 없어졌다.

한 달을 두 달을 사무실이자 작업실인 공간에서 버티다 서원이네서 하루이틀 잠을 자기 시작했다. 서원이는 기정이에게 사랑을 달라고 하였다. 나를 계속 보고 돌봐 줘. 나를 자랑스럽게 여기고 비밀스럽게 생각해 줘. 두 손을 잡고 거리로 나가고 친구들에게 나를 알려 줘. 그런데 동시에 우리끼리만 아는 비밀을 많이 만들어야 해. 기정이는 왜 이렇게 나이가 많을까? 아주 많은 것은 아니지만 서원이보다 많았고 모든 것을 하하하 웃으며 여유롭게 넘기고자 하였다. 당장 집으로 돌아가지 못하는데도 왜인지 여유로웠지만 사실 정신 한구석은 코너에 몰린 기정이는 서원이의 집에서 함께 살았다. 하지만 어쩌면 실제로는 보이는 것처럼 정말로 여유가 넘치는 게 맞을지도 몰랐다.

　기정이의 두 친구는 휴대폰도 꺼 두고 매일 자연을 관찰한다. 감을 따서 씻어서 나눠 먹고 나뭇가지 풀잎들 예쁜 것을 서로에게 보여 주며 산새처럼 사랑을 노래한다. 친구들은 참새 같고 딱새 같다. 예쁘고 작은 존재가 되어 날아다니듯 가볍게 걸으며 고운 소리를 낸다. 아침에 산책을 하고 숲에서 산새의 소리를 듣고 서로 따라 하며 들려준다. 두 사람은 말이 잘 통하지 않는데 그래서 웃으며 산새 소리 같은 것을 따라 하고 영어와 한국어를 섞어서 말한다.
　서원이와 기정이는 기정이가 운전하는 차를 타고 기정이의 집으로 갔다. 친구 둘은 환하게 웃으며 기정이와 서원이를 맞이했다. 친구들의 환한 웃음과 조금도 거리끼지 않는 태도에 서원이와 기정이는 다소 어이없는 표정을 1초쯤 하였지만 곧 웃으며 이미 집주인처럼 되어 버린 친구들의 안내에 따라 방으로 들어갔다. 거실 테이블 위에는 감잎과 감이 놓여 있었다. 네 사람은 앉아서 차를 마시다가 기정이가 만들어 주는 국수를 나눠 먹었다.

기정: 너희들 결혼을 하는 것이 어때?
친구 1: 결혼?

친구 1은 서원이를 보고 웃으며 손가락으로 서원이와 기정이를 가리켰다. 서원이는 그 당시는 왜인지 웃음이 났다.

서원: 아니. 아니야.
기정: 아니.

기정이는 손으로 친구 두 사람을 가리켰다. 매리지. 웨딩. 둘이 결혼하라고. 가볍고 직접적인 권유에 두 사람은 무의식 속에 감춰 둔 아니 감춰 뒀다기보다 알고 있었지만 바닷물에 담그지 못한 발을 떠올리게 되었다. 양말을 벗어 보자. 아니 그 전에 신발을 벗어야지. 기정이는 어떻게 결혼을 하면 되는지 무엇을 하면 되는지 알려 준다. 왜냐면 기정이는 결혼을 이미 두 번 해 보았기 때문이다. 물론 이곳의 국적을 가진 친구 2도 당연히 알고 있었고 이미 여러 차례 절차를 알아보고 준비한 뒤였다. 친구 2는 그러나 왜인지 쉽게 신발을 벗을 마음을 못 먹고 있다가 기정이가 그냥 결혼을 하라고 하자 그래 그래 버리자라고 그제야 순순히 마음을 먹고 친구 1과 결혼을 하러 갔다.

  서원이는 친구 2가 기정이의 전 부인인지 그것에 관해 들은 이야기는 아무것도 없었지만 그 순간은 왠지 그런 것 같다는 생각이 들어 무척 슬퍼졌다. 울려고 하지 않았지만 눈물이 나왔다. 방석을 베고 누워서 울었는데 방석에 눈물 자국 콧물 자국이 남았다. 서원이는 방석으로 콧물을 닦고 고개를 들었다. 그사이 기정이는 차를 타고 장을 보고 와 사 온 재료로 저녁을 준비했다. 이 집은 다시 기정이의 집이 될 것이다. 서원이의 집은 서원이의 집 이곳은 기정이의 집 그러나 서원이는 두 곳 다 자신의 집이라고 마음속으로 지나가듯 말해 본다. 그것이 서원이의 진심이고 생각이다. 양파를 썰던 기정이가 뒤를 돌아보았는데 서원이의 코가 검은 재가 묻은 것처럼 까맸다. 기정이가 그것을 알려 주려고 할 때 막 결혼을 위한 절차를 마친 두 사람이 돌아왔다. 두 사람은 잡은 손을 흔들며 집으로 들어왔다. 맞잡지 않은 손에는 호두과자

봉투가 있었다. 네 사람은 호두과자를 먹었다. 친구 1이 말없이 서원이의 코를 닦았다.

뭐가 묻은 거지?

서원이는 화장실에 가서 코에 묻은 재를 닦았다. 거의 없어졌지만 완전히 없어지지는 않았다. 어디서 묻은 걸까. 아마 방석에서 묻었나 봐 생각하며 화장실을 나와 남은 호두과자를 먹고 때마침 다 만들어진 저녁을 함께 먹었다. 닭볶음과 계란국이었다. 친구 2는 결혼이라는 현실적인 절차를 마쳤기 때문인지 여전히 산새 소리는 내지만 다소 정리된 목소리로 나머지 처리할 일을 마치고 곧 두 사람이 함께 고향인 제천으로 가겠다고 하였다. 짐은 다음 주 안으로 정리하겠다고 그간 정말 고마웠다고 말했다.

어, 더 있어도 되는데.

기정이는 진심을 담아 말했다. 서원이의 코에 재가

묻은 것과는 별로 상관이 없을 테지만 모든 음식의 냄새가 강도를 높여 선명하고 분명하게 다가왔다. 서원이는 집 안에 떠도는 닭볶음 냄새를 깊은 심호흡을 통해 감상하고 즐겼다. 그것이 서원이의 코에서 일어난 일이었다.

콧물이 나오면 입술로 흐르는데 콧물 아래 입술에서 벌어진 일은 다음과 같다. 그것은 코에서 벌어진 일보다 훨씬 더 전의 일이다. 일을 마치고 돌아온 서원이는 씻고 나와 쉬면서 장을 보러 가야겠다고 생각했다. 빵을 먹으면서 빵이 떨어져서 사 와야겠다고 생각했는데 피곤해서인지 며칠 전부터 부르튼 입술에서 피가 번져 빵에 묻었다. 피 묻은 빵을 먹었지만 이미 입술에서 배어나온 피를 맛보고 있었기 때문에 빵에서 피맛이 나는 건지 구분할 수 없었다. 빵을 먹다 말고 부르튼 윗입술을 가볍게 물고 피를 빨다가 피가 어느 정도 멎은 듯하여 바세린을 입술에 바르고 머리를 침대 위에 누이고 팔을 양쪽으로 편 상태로 다리도 넓게 벌리고 눈을 감은 채로 몸속을 흐르는 피를 생각했다. 피는 기차처럼 혈관을 따라 움직인다. 그것을 그림으로 그린다면 서원이의 몸은 온통 쉬지 않는 철도가 되고 기차에는 아마도 손님이 꽉 차 있을 것이다. 서원이의 입술로 빠져나온 손님들 어디로 가고 싶으신가요? 바세린에 섞여 굳어 가는 손님들 객실을 이탈한 손님들 기차는 많은 사람들을 실어 나르는데 모두 도착지를 아는 것은 아니다. 하지만 어딘가로 도착해 갈 곳을 향해 나아가는 손님들을 떠올리는 일은 슬프고도 기쁘고 애처로웠다. 그들이 바르셀로나에 포르투에 갈 수는 없겠지. 아니다. 서원이가 낯선 바닷가로 갈 때 서원이의 피들도 함께할 것이다. 서원이는 피가 멎자 남은 피 묻은 빵을 다 먹고 빵을 사러 나갔다. 그것은 기정이와 함께 살던 여름보다 훨씬 전 기정이를 만나기도 전의 일이었다.

여름이 지나 기정이는 자신의 집으로 돌아가고 서원이와 기정이는 가끔 기정이의 작업실에서 커피를 마셨다. 기정이에게 사랑을 받을 수 없다는 것이 서원이를 괴롭게 해서 슬피 우는 날이 많았지만 (그렇다 그것이 서원이의 눈에서 벌어진 일!) 기정이가 자신의 집으로 돌아가고 작업실에서만 만나게 되자 왜인지 또 별생각이 없어졌다. 왜 작업실에서 보는 기정이는 더 늙어 보일까? 모르겠다! 두 사람은 커피를 마시고 기정이는 친구들의 일이 다 해결이 되었다고 했다. 다 잘되었어. 제천이 마음에 든대. 이제 기정이는 자기 이야기를 하기 시작하였는데 원래 아이가 없는 줄 알았는데 알고 보니 첫 번째 부인과 두 번째 부인 사이에 만난 여자가 아이를 기르고 있었다고 하였다. 그 아이를 기를 거야.

지금 사는 그 집에서?
응. 운전을 하면 되니까.
그러면 결혼을 또 하는 거야?
아니 그 사람은 아파서 아이를 돌보기가 힘들어서 내가 돌보는 거야.
아이는 몇 살인데?

기정이가 돌보게 될 아이는 열세 살이었고 기정이와 그 여자가 만나기도 전에 태어난 것이었다. 그러면 너의 정자로 만들어진 아이가 아니란 말이지? 그렇지. 기정이는 자신의 정자로 만들어진 아이가 아니기 때문에 그 아이에게 막연한 사랑만 생긴다고 하였다. 그래서 더 존중하고 돌볼 수 있을 것이라고 했다. 그것은 기정이의 정자에게 일어난 일은 아니군요. 기정이는 일을 하고 주말에는 병원에 가서 여자를 돌보고 평일에는 아이를 학교에 보내고 일을 하고 아이의 수업이 끝나면 다시 차를 타고 아이와 함께 집으로 돌아왔다. 그러면서도 시간이 날 때마다 병원으로 가 여자를 돌보았다. 서원이는 한동안 기정이를 만나지 않고 일을 하고 집에서 혼자 밥을 먹었다. 가끔 영화를 보러 외출을 했고 시장을 구경했다. 왜인지 기정이가 기르는 그 아이를 생각하면 마음이 이상해졌다. 아 어쩌면 내가 낳아서 어딘가에 둔 아이가 아닐까 나에게 그런 일이 사실 있었던 것 아닐까 하는 생각에 그 아이를 보러 갈 수가 없었다. 서원이의 자궁에서 그런 일은 벌어지지 않았지만 그 아이와의 만남을 떠올리면 왜인지 어려운 기분이 되었다. 그러나 그 아이는 사람이다. 한 명의 사람으로 생각하면 된다. 혈관을 달리는 기차를 몸에 가지고 매일 물을 마시고 밥을 먹는 사람이자 또한 주민등록표에 기록된 한 사람의 시민이다. 서원이는 그렇게 생각하기로 하였다. 그러자 한 명의 사람으로 그 아이를 대할 수 있을 것 같았다. 그 아이는 기정이의 일이 끝나기를 기다리며 작업실 소파에 앉아 신문을 보고 있었다. 경제신문을 보며 세상이 어떻게 돌아가는지를 살펴보고 있다고 하였다.

신문을 읽어요?
재미있어요. 신문 보는 거.
뭔가 알게 되면 알려 주세요.
제가 알려 드릴 테니 꼭 잘 들어 주세요.

그 아이의 이름은 그러니까 그 사람의 이름은 준우라고 했다. 준우는 서원이를 잘 따랐고 서원이는 준우를 실제로 만나자 그가 자신의 아들이 아니라는 사실을 확실히 이해했다. 기정이는 준우의 엄마와 결혼을 결심하였으나 준우의 엄마는 그것을 원치 않는다고 하였다. 서원이는 이전처럼 기정이의 사랑을 원하는지 자신은 없지만 아직 그런 것도 같았다. 그렇게 서로 원하는 바가 달랐고 준우는 무엇을 원하는지 알 수 없었지만 네 사람은 각자의 현실을 열심히 살아갔다. 매일 밥을 잘 먹고 소화를 잘 시키고 잠을 잘 잤다는 이야기다. 내일 먹을 밥을 생각하며 잠이 들었다는 말이기도 했다. 서원이는 온갖 곳을 돌아다니고 또 걸어 다니며 이곳에 살면 어떨까 저곳에 살면 어떨까 생각했다. 겉으로 보면 이것을 산책이라고 할 수 있다. 멀리 다니는 것은 아니었다. 그런 일들을 하며 하루하루를 보냈다.

어느덧 한 해가 저물어 크리스마스가 되었다. 준우는 자신이 사는 곳으로 서원이를 초대했다. 몇 개월 전 서원이는 그곳에서 이제 막 결혼을 결심한 두 사람을 보았는데 몇 번 안 가 보았지만 그때 이 집이 자신의 집이라고 한순간 마음먹었던 것을 기억했다. 준우는 이제 그곳을 자신의 집이라고 말했다.

아. 나는 일이 있어서 못 갈 것 같아.
나는 서원이가 왔으면 좋겠어요.

서원이와 준우는 기정이의 작업실에서 기정이를 기다리며 창밖을 바라보았는데 오래된 상가 근처로는 아무도 오가지 않고 가끔 한두 명만이 수레를 끌며 지나갔고 그러다 또 한 명이 커피가 담겼을 종이컵을 들고 지나갔다.

내년에 만나자. 내년에 중학교 가는 거지?
네.
그럼 곧 열네 살이 되는 건가?
아니요. 저 사실 열네 살이에요. 내년에는 열다섯 살이 돼요.

준우는 서원이의 옆으로 다가와 할 말이 있는 것처럼 팔꿈치를 손으로 꼭 붙잡았다. 서원이는 소리를 내지 않고 팔꿈치가 수축되는 감각을 맛보았다. 그것을 매 순간 의식하며 준우의 왼 손가락들 사이에 놓인 자신의 오른쪽 팔꿈치를 관찰하였다.

그러면 새해에는 꼭 오세요.

준우는 그 말을 하고 팔꿈치를 놓았다. 서원이의 팔꿈치에 무슨 일이 일어났다고 할 만한 일은 최근 몇 년간 이것이 유일했다.

    서원이는 연말부터 회사에 일이 없어서 한가했지만 기정이를 만나러 가지는 않았고 이곳에 살면 어떨까 저 골목에는 뭐가 있나 골똘히 생각하느라 이곳저곳을 걸으며 시간을 보냈다. 크리스마스에는 집에서 청소를 하고 빨래방에서 이불을 돌렸다. 그러고는 또 밖으로 나와 걸어서 명동성당까지 갔다. 명동성당 안으로 들어가지는 않고 명동성당이 보이는 근처 건물 옥상으로 올라가 성당을 보며 기도를 하였다. 저를 보살피시는 신이시여. 감사의 인사를 드리옵나이다. 한 해가 저물어 가고 고요한 시간을 보낼 수 있음에 더욱 깊은 감사를 드립니다. 저는 사랑을 만나 그것이 저의 눈앞에서 실현됨을 보게 되기를 원하옵나이다. 당신의 이름을 받들어 기도드립니다. 아멘. 추운 겨울 꽉 맞댄 두 손은 손톱과 손가락 끝만 하얗게 변해 있었고 손등과 손목은 군데군데 붉었다. 그리고 빵을 사서 배낭에 넣고 또 조금 걷다가 집에 돌아와서 유자차를 마셨다. 청소를 마저 하다가 세탁을 마친 이불에서 잠이 들었다. 건조가 끝난 이불에는 희미한 온기가 남아 있었다. 다음 날 서원이는 뉴스에서 새해까지 한파가 지속될 전망이라는 예보를 보았다. 눈은 오지 않는다!

서원이는 떡을 데워서 먹고 유자차도 타 먹고 배낭에 책과 지갑을 챙겨 따뜻하게 입고 밖으로 나가 걸었다. 평소 산책하던 방향과 반대 방향으로 가 한참을 걷다가 떡만둣국을 사 먹고 나와 또 한참을 걷다 보이는 호텔로 들어가 이틀을 결제하고 열쇠를 받아 방으로 올라갔다. 서원이는 배낭을 멘 채로 창으로 가 창에 손을 갖다 댔다. 손가락 끝이 차가웠다. 가운으로 갈아입은 서원이는 침대로 가 가져온 책을 펼쳤다.

> 아직 써야 할 것이 많은 나이에 세상을 떠난 저자는 죽음과 함께 영원한 신화의 자리에……

서원이는 이 책을 자주 읽고 좋아했는데 이전까지는 아무렇지 않게 넘어갔던 이 구절이 새롭게 읽히기 시작했다. 누군가에게는 죽어도 다른 스테이지가 있을지도 모른다는 생각이 들었다. 이 작가는 죽고 나서 죽은 사람들이 사는 세계에서 신작을 발표하였다. 그의 신작은 죽은 사람들이 읽을 수 있다. 장 콕토가 리처드 브라우티건이 앤 무어가 그의 신작을 읽고 새롭게 등장한 이 신인 작가에게 열광하였다. 그는 그들과 친구가 되었다. 거기서도 소설의 왕이 되었고 그곳에서야말로 영원한 신화의 자리에 오르게 되었다. 서원이는 죽은 사람들만 이 사람의 신작을 읽을 수 있다는 것을 알았다. 이런 일로 죽을 수는 없다. 그러나 서원이가 예전에 책에서 본 열광적이고 열정적인 옛날 사람들은 몸을 깨끗이 씻고 제일 아끼는 옷을 입고 이 작가의 신작을 읽기 위해 독을 먹을 수도 있을 것 같았다. 삼키는 순간 깨닫겠지. 이렇게 하지 않아도 언젠가는 죽는다는 것을 말이다. 서원이는 전화가 울렸지만 받지 않았고 아예 휴대폰을 호텔 침대에 두고 옷을 갈아입고 나가 호빵 한 봉지와 1.5리터 우유와 인스턴트커피 한 상자를 사서 돌아왔다. 커피포트를 씻고 물을 채워 끓이고 챙겨 온 나무젓가락을 커피포트 위에 올리고 그 위에 호빵을 얹고 데워서 우유와 먹었다. 죽은 작가들의 세계는 너무나 치열하다. 그러나 그곳에서도 완전히 죽어서 더 이상 문학의 세계와 그곳에서 벌어지는 일에 관여하지 않겠다고 선언한 작가들도 있다. 셰익스피어 같은 사람. 그런데 죽은 지 얼마 안 된 사람들은 좀 더 해 보고 싶을 것이다. 그리하여 죽은 작가들은 살아 있는 작가들과 비슷한 일을 반복할 것이다. 소설을 읽고 시시하다 생각하며 비웃고 반면 어떤 소설은 너무나 사랑하게 될 것이다.

텔레비전을 보다 호빵과 우유를 더 먹고 커피도 마시고 씻고 잠이 들었다. 한파가 지나가고 새해가 되면 또다시 새로운 해라는 하루하루를 눈을 똑바로 쳐다보며 살아갈 것이다. 마치 준우가 팔꿈치를 붙잡고 놓아주지 않았을 때 자신의 팔꿈치에 생긴 일의 정체를 목과 어깨와 등까지 집중해서 느꼈던 것처럼 말이다. 다음 날은 그 전날 먹었던 식당에서 떡만둣국을 먹고 호텔 근처를 산책하다가 돌아왔다. 돌아오며 저녁에 먹을 김밥과 함께 붕어빵을 사 왔다. 호텔 침대 위에서 붕어빵과 남은 우유를 먹고 어제 읽던 책을 마저 읽었다. 서원이는 엊그제 명동성당을 향해 기도했던 것을 떠올리며 그때처럼 손을 모으고 창 앞에 섰다. 해가 지고 있는 것이 마치 해가 떠오르는 것처럼 보였다.

 새해가 되면 열다섯 살이 돼요. 준우와 서원이는 새해에 보기로 했지만 준우는 해가 바뀌기 하루 전 서원이를 보러 왔다.

 성이 서이고 이름이 원이에요?
 조금 늦게 물어보는 것 아니니?

 서원이는 성이 따로 있고 이름이 서원이라고 말하면서도 성이 무엇인지 알려 주지 않았다. 준우는 매일 신문을 읽고 도서관에서 책을 읽고 필요한 강의를 듣는다고 하였다.

 나중에 정말로 알고 싶은 것이 생기면 저에게 물어봐 주세요.

 그 이야기를 듣자 왠지 서원이는 사주를 봐야겠다고 별자리의 움직임을 물으러 길을 떠나야겠다고 생각했다. 그것들은 과거를 통해 현재의 자신을 진단하고 미래를 알려 줄 것이다. 서원이는 필요할 때 기도를 한다. 선운사에도 갈 것이다. 명동성당은 자주 가도 좋았고 그 외에도 들르는 성당들이 있었다. 그런데 준우에게는 무엇을 물어봐야 하지? 서원이와 준우는 서원이가 포장해 온 피자를 먹고 진한 커피를 마셨다. 이런 걸 벌써 마셔도 되나. 그러나 준우는 서원이가 마시는 것을 그대로 달라고 하였다. 두 사람은 그렇게 느긋한 시간을 보냈다. 마음이 평화로웠고 더 이상 원하는 것이 없다고 서원이는 잠시 생각했다. 저녁이 되어 기정이가 준우를 데리러 왔을 때 준우는 서원이의 양어깨에 가볍게 손을 얹고 서원이의 눈을 바라보며 다시 말했다. 저에게 꼭 물어봐 주세요. 힘든 일을 저에게 해 달라고 부탁해 주세요. 눈은 투명하고 마주한 눈은 다시 돌이킬 수 없다. 이것이 서원이의 어깨에서 일어난 일이자 서원이의 눈에서 벌어진 일이며 마음에서 벌어진 일.

새해가 되고 얼마 안 지나 준우의 엄마는 돌아가셨다. 서원이는 열다섯이 된 준우를 기정이의 집이 아니라

장례식장에서 만나게 되었다. 기정이는 준우의 엄마와 결혼하지 못했다. 준우는 성인이 될 때까지 기정이의 집이 아닌 친척집에서 살기로 정해졌다. 서원이는 이제 기정이에게 사랑을 원하지 않는다. 어째서 이 사람에게 사랑을 구했지? 그러나 두 사람은 가끔 만나서 준우의 이야기를 했고 기정이는 이제 개를 키우게 되어서 서원이는 기정이네 개를 보러 갔다. 서원이는 형광 노랑 패딩을 입은 희고 큰 개를 산책시켰다. 털이 많은 털쟁이야 너도 많이 춥니? 구정이 지나고 준우가 기정이네에 놀러와서 세 사람은 함께 저녁을 먹었다. 3월이 되면 준우는 이제 큰아버지가 사는 거제로 간다고 하였다. 거기에서 중학교를 다닐 것이라고 했다. 준우와 서원이는 개를 데리고 산책을 갔다.

거제면 부산이랑 가깝잖아.
맞아요.
건강히 잘 지내.
곧 다시 만나게 될 거예요.
대학생이 되면?

아니요!

방학 때?

곧 다시 곧이요.

개가 갑자기 뛰어가고 두 사람도 따라서 뛰었다. 서원이는 준우에게 물어야 할 것이 무엇인지 갑자기 떠올랐다. 그런데 숨이 차서 물을 수가 없었다.

3월이 되고 서원이는 바빠진 회사일을 하느라 이곳 저곳 돌아다닐 수 없었다. 가끔 점심 대신 두유를 마시며 나뭇잎을 바라보았다. 현재라는 것을 실감할 수 없는 시간들이 빠르게 지났고 가끔 사람들을 만나고 돌아오는 길은 괴롭고 쓸쓸했다. 왜 어떤 때는 달려 나갈 수 있고 어떤 때는 숨고 싶기만 한가요? 서원이는 몇 가지 질문들을 가슴에 품고 시간을 보내게 되었다. 그사이 기정이는 다리를 다쳐 서원이가 다니는 회사 근처 병원에 입원했다. 서원이는 가끔 문병을 갔다. 기정이의 옆 침대에는 기정이처럼 다리를 다친 초등학교 남교사가 입원해 있었다. 그는 얼굴도 희미한 느낌에 조용한 사람이었는데 보호자인 누나는 웃는 얼굴에 활발한 사람이라 금세 기정이와도 서원이와도 편하게 이야기를 나누게 되었다. 초여름의 병원 화단은 아름다웠으며 서원이는 병원 식당에서 밥을 먹고 기정이를 보고 산책을 하고 걸어서 집으로 돌아왔다. 술을 마시다 알게 된 친구의 친구와 몇 번 만나고 함께 지내다가 너는 무서운데 이상하게 지루하다는 이야기를 들었다. 서원이는 눈물이 조금 났다. 그래서 병원 화단에서 산책을 하다 또 울었다. 기정이 옆 침대의 보호자는 화단에서 서원이를 보고 자두를 나누어 주었다. 병실로 돌아가는 길에는 커피도 사 주었다. 어느샌가 두 사람은 연락을 주고받게 되었고 그리고 며칠 후 서원이의 집으로 대저 토마토가 배달되었다. 서원이는 토마토를 먹으며 이미 퇴원한 기정이의 옆 침대 남자와 남자의 누나이자 보호자인 웃는 얼굴의 에너지가 넘치는 여성분을 떠올렸다. 그 여성분이 기정이와 함께 살게 된 분인데 서원이는 두 사람은 곧 결혼하게 되고 그 결혼은 아마도 기정이의 마지막 결혼이 되지 않을까 하는 예감이 들었다. 여성분에게는 아들이 있었고 얼마 전까지만 해도 준우가 함께 살던 기정이의 집에는 기정이와 여성분과 그의 아들 그리고 개가 함께 살게 되었다. 그 아이는 이제 다섯 살이었고 서원이는 당연히도 그 아이에게는 이 아이가 자신의 아들일까 하는 의심은 전혀 갖지 않았다.

서원이는 수박을 좋아하는데 여름이 가기 전 바빴지만 그래도 수박을 많이 먹었다. 냉면도 먹었다. 운전 연수를 받게 되었고 중고차를 샀고 여전히 자주 걷지만 이제는 차를 타고 나는 어디서 살아야 할까를 생각하며 시간을 보내기도 하였다. 차를 가지고 부산까지 운전을 해서 갔는데 가면서 무서웠고 이제 날씨는 쌀쌀해지고 초겨울로 접어들고 있었으나 막상 부산에 도착하니 양지에 있으면 등이 따뜻했다. 그런데 바닷바람은 거세고 차가웠다. 서원이는 준우에게 연락을 하였지만 번호가 바뀌어 있었다. 그러고 보니 기정이도 준우와 연락이 되지 않는다고 하였다. 서원이는 준우에게 일어난 일들을 그제야 천천히 더듬어 보게 되었다. 연락이 된다고 하여도 준우는 기정이의 아들이 다시는 될 수 없다. 될 수 있을까? 서원이는 그런 일까지 생각하기 시작하면 모든 것이 너무 어렵게 느껴졌다. 우리에게서 일어나는 일 자신의 머리카락과 이마 눈썹과 피 눈물과 피부에서 일어나는 일들을 생각한다는 것이 마치 바람의 흐름을 살피고 구름과 별의 움직임을 헤아리는 일처럼 중요하였고 서원이는 자신과 주변의 일들을 하나씩 천천히 생각했다. 차를 주차하고 호텔에서 열쇠를 받아 엘리베이터를 타고 객실로 향했다. 준우를 알게 된 그때부터 지금까지 서원이가 준우에게 물어보고 싶은 것은 두 가지였다. 1. 사랑은 어느 때 나에게 찾아오고 나는 그것을 두 손으로 움켜쥘 수 있는가. 2. 나에게 일어났는지 아닌지 알 수 없었던 일들이 어느 날 나를 찾아오면 그것은 무엇이라고 이해하여야 하는가. 서원이는 해가 지는 창을 향해 서서 다시 두 손을 모으고 눈을 감았다. 이제 그것을 대답해 줄 준우와는 만날 수가 없다.

부산에서는 매 끼니 미역국을 사 먹었고 시내 운전을 할 때는 무서워서 진짜로 울었다. 울면서 욕하며 운전하는 서원이는 어깨가 너무 아파 하루 만에 몸살이 나서 마사지를 받았다. 그리고 팥이 든 도넛과 우유를 저녁으로 먹고 다음 날 새벽에 일어나 남은 도넛과 우유를 아침으로 먹고 커피를 마시고 서울로 출발하였다.

다시 기억나지 않는 며칠과 주말과 몇 주가 흘렀다. 서원이에게 일어난 일은 운전이 능숙해지고 스트레칭으로 어깨 근육이 유연해진 것이었다. 서원이는 개가 없다. 개와 산책할 수 없었는데 그것에 대해 아무런 생각이 없다가 한강을 따라 걸으며 기정이네 개와 준우를 떠올렸다. 거제까지 가 보아도 좋았을 것이다. 갈 수 있다. 정말로 이제는 가 볼 수 있다고 그러나 동시에 왜 그때 부산에서 거제로 향하지 않았던 것인지 깊이 후회하며 집으로 돌아왔다. 서원이는 차에 개를 태울 수 있고 이제는 사람을 태우고 그곳으로 가자고 말할 수 있다. 좀 더 큰 곳으로 이사를 간다면 너희들과 개가 이곳에서 살아도 좋다고 (아니 그것은 기정이가 친구 1, 2에게 한 말인데) 말할 수 있으며 너희가 아니라 너에게 누군지 모를 너에게 너는 내 옆에 있어도 좋다고 말할 수 있다. 그런 생각을 하며 한강을 걷다가 집으로 돌아왔다. 크리스마스에는 어김없이 집에서 청소를 하였으며 크리스마스가 지나고 명동성당 근처 건물 옥상으로 가서 성당을 바라보며 기도를 하였다. 옥상 바닥에 둔 바닐라라테에서는 김이 올라왔고 해는 지고 있었고 서원이는 주황색 황혼이 아름답다고 느꼈다. 많은 건물들이 보이고 그것은 각자의 자리에 서 있고 어떤 것은 오래되었고 어떤 것은 오래되지 않았다. 옛날은 생각보다 멀지 않고 사람들은 오래오래 산다. 그러나 이제 준우를 만날 수 없을 것이다. 서원이는 주황색 지는 해 속에서 성당을 바라보며 그것을 깨달았다. 준우는 나에게 세상이 어떻게 돌아가는지와 자신이 생각하는 해결 방법과 지혜를 알려 주고자 하였으나 이제 그럴 수는 없을 것이다. 그와 함께 준우에게 물어보고 싶었던 것들도 이제는 알고 싶지 않아졌다는 사실도 깨달았다. 성당 계단의 비둘기들이 일제히 날아올랐고 처음부터 준우는 서원이의 아들이 아니었고 이제 누구의 아들도 아니다. 그러면 그는 누구인가. 만날 수 없게 된 사람을 언제 어떻게 곧 다시 곧 만나게 되는 것일까? 서원이는 아무것도 알 수가 없었다.

옥상에서 바닐라라테를 다 마신 서원이는 오늘은 날

이 별로 춥지 않다고 생각했다. 기도를 할 때 꽉 쥔 손톱과 손가락 끝은 하얗게 변해 있고 삼킨 커피는 천천히 몸 구석구석으로 퍼진다. 그것은 피처럼 기차가 되어 서원이의 몸 구석구석으로 나아가며 도착지는 같기도 하고 다르기도 하다. 계단을 내려올 때 서원이는 그럼에도 거제에 가 보아야겠다고 생각했다. 성당 근처 건물에서 나와 좀 더 걸었다. 시청역 근처 어느 조용한 골목에서 서원이는 앉아서 쉬었다. 오래 걸은 것은 아니었지만 앉고 싶다는 생각이 들었고 왜 우는지 알 수 없었지만 눈물이 나왔다. 하지만 서원이는 그럴 수 있다는 것을 알았다. 눈물을 흘릴 수 있고 슬프고 막연했다고 말할 수 있으며 이것으로 심판을 받거나 놀림거리가 될 필요가 없다는 것을 말이다. 고개를 들어 앞을 바라보았을 때 맞은편 담 위에서 천사가 내려와 서원이에게 다가왔다. 천사는 긴 손가락을 서원이에게 뻗어 서원이의 눈물을 닦아 주고 콧물을 닦아 주었다. 천사는 엄지손가락과 검지손가락으로 서원이의 코를 닦고 콧물을 바지에 닦았다. 서원이는 고개를 들어 자신에게 다가온 이를 바라보았다.

누구신가요?

저는 쌀입니다.

쌀이라고요?

서원이는 자신의 콧물을 닦아 준 이자가 천사이자 자신이 어느 시기 찾아 헤맸던 사랑임을 그 순간 알아차리게 되었다. 서원이는 몸을 일으켜 양손으로 쌀이의 팔꿈치를 움켜쥐었다. 그리고 준우가 자신의 팔꿈치를 움켜쥐었던 일이 다른 방식으로 반복됨을 완전히 이해하게 되었다. 고개를 들어 쌀이의 눈을 바라보았고 마주친 눈은 돌이킬 수 없다. 쌀은 자신의 팔꿈치를 잡은 서원이의 손을 부드럽게 풀고 서원이의 어깨에 가볍게 손을 올렸다.

저에게 궁금한 것을 물어보아도 좋아요. 내가 누구인지 어디서 살고 있는지 당신에게 무슨 일이 벌어질지 말이에요.

아니요. 저는 아무것도 궁금한 것이 없어요.

서원이는 자신의 사랑을 만나자 궁금한 것이 사라졌다. 그와 동시에 모든 사랑은 언제나 늦게 찾아오며 이미 시작되어 있다는 것, 이미 시작되었고 다른 세계에서 찾아온다는 것을, 또한 사랑은 어긋나며 어긋난 대로 반복된다는 것을 깊이 이해해 버리고 말았다. 그것이 서원이가 사랑을 만나고 알게 된 사실이며 서원이의 콧물에서 벌어진 일이자 서원이의 몸과 마음에서 일어난 일이었다.

아모르리에서

아오모리에서 여러 사람을 만났다. 가을의 초입이라 생각했지만 여전히 늦여름이었고 만나는 아오모리 사람들마다 9월에 이런 더위는 처음이라고 했다. 보통이라면 이때쯤에는 긴팔일 것이라고 했는데 그 이야기를 들을 때마다 나는 눈이 내리는 그리하여 눈은 쌓여 있고 쌓인 눈 위를 걸으며 내리는 눈을 바라보는 얼굴을 여름의 빛과 바람 안에서 겹쳐 보고 있었다.

아오모리에서 3일간 머무는 동안 여러 사람을 만났다. 보통은 아주 잠깐이었고 우리는 곧 각자의 길을 가서

서로가 어떤 사람인지 당연히 알 수 없었지만 우리가 우연히 커피를 마시며 술을 마시며 나란히 앉아 이야기를 시작하자 왜인지 나는 이 사람들이 방금 문을 열고 나간 사람들이 그러니까 우리는 우리가 만날 법한 사람들이 배턴 터치를 해 주었기에 만나게 되었다고 어느 순간부터 알아차리게 되었다. 다른 곳을 여행하면서 마주친 사람들에게는 그런 생각이 들지 않았지만 어째서인가 아오모리에서는 그런 생각이 들었다. 아오모리에서 마주친 사람들은 만날 법했던 사람들과 다르지 않고 내가 오기 전 가게를 떠난 사람 내가 나가고 문을 열고 들어온 사람들은 동시에 모두 내가 만난 사람들이었다. 나는 그 사람들을 내리는 눈 사이에서 다시 만나게 될 것이고 벗어 둔 모자와 장갑, 머플러의 눈은 물방울을 남기고 녹아가고 그동안에 당신은 나에게 아오모리에서 가 보아야 할 곳을 알려 주기 시작할 것이다.

그래서 나는 내가 만났던 사람들과 만날 법한 사람들 늦여름에는 만나지 못했으나 눈이 내리는 아오모리에서 만나게 될 사람들을 잊기 전에 간단히 써 두었다.

1. 제시

국립 히로사키 대학에서 영어를 가르치는 제시는 미국 캔자스 출신으로 대학 졸업 후 영어 교사로 일하게 되었다. 우리는 작은 이파리가 그려진 간판의 바에서 나란히 앉아 술을 마시며 음악을 듣고 손님 중 누군가가 사온 담배를 피웠다.

나 한국에서도 있었어.
어디?
구미 대구.
신기하네. 일본에서는?
도쿄 요코하마 아오모리 그리고 히로사키.
어디가 제일 좋아?
도쿄는 너무 비싸고 아오모리도 좋지만 히로사키가 제일 편하고 좋아.

왜인지 구미와 대구가 순간 아득하게 느껴졌고 제시는 하이볼 두 잔을 빠르게 마시고 농구 월드컵 경기를 보러 가야 한다고 일어났다. 바스켓볼과 월드컵이라는 말이 순간 이해가 되지 않아서 나간 뒤로도 바스켓볼 월드컵 하고 속으로 몇 번 중얼거렸다. 농구 월드컵이라는 것이 있다는 사실을 나는 제시를 통해 알게 되고 그 때문이었는지 나는 왠지 모를 끌림에 아오모리에서 돌아와 농구공을 사게 되었다. 내가 산 것은 MIKASA 6호로 파란색과 노란색으로 된 화려한 공이다.

2. 아야

아야는 제시가 바를 나가고 20분쯤 뒤 친구와 함께 들어왔다.

방금 제시 나갔어.
정말요?
늘 엇갈리네.
다행이다.

아야는 제시의 영어 수업을 듣는 학생으로 아야와 제시는 각자 바에 자주 오지만 아직 마주친 적은 없었다. 제시는 수업 중 아야와 눈이 마주치면 바의 이름을 낮게 속삭이고 눈을 찡긋하며 지나간다고 했다. 아니 싫은 건 아닌데 뭔가 불편하다니까요. 아야는 친구와 나란히 앉아 오렌지 피즈를 시키고 둘은 피스 한 갑을 나누어 피웠다. 실제로 이걸 피우는 사람은 처음 보았다는 생각 타르 10밀리그램은 독하다는 생각을 했고 하라 료의 소설 속 사와자키가 캔에 든 피스를 피운다는 생각이 이어서 지나갔다. 하라 료 소설에서 사와자키=캔에 든 피스이지만 다른 등장인물 중에 누구였더라 하시즈메였었나는 종이 갑에 든 피스를 피운다. 사와자키는 필터가 있는 담배는 환경을 오염시키지만 자기가 피우는 피스는 그대로 버려도 아무런 해를 끼치지 않는다고 말했다. 그러고 보니 담뱃갑에 든 피스는 타르 10밀리그램이지만 사와자키가 피우는 캔에 든 피스는 타르 28밀리그램이다. 사와자키는 그런 담배를 피우고 내게 그런 식으로 기억 속에 남아 있는 피스. 이어서 나는 하라 료가 올해 세상을 떠났다는 것을 떠올리고 그렇구나 나는 지금 하라 료가 없는 세상을 살아가는 것이군 하라 료의 신작을 볼 일이 없는 세상을 사는 것이구나. 그것이 조금 쓸쓸하다고 생각했다.

열아홉 살의 아야와 친구는 두 시간 동안 오렌지 피즈 네 잔을 마시고 피스 한 갑을 나눠 피우고 빈 상자를 남기고 떠났다. 나는 이 두 사람이 자리에 앉은 지 30분쯤 지났을 때 바 문을 열고 들어왔다.

취했어?
몸은 취했는데 기분은 안 취했어.
더 안 좋은 건가?

빠르게 술을 마시고 타르 10밀리그램의 피스를 피우는 아야는 금발로 염색한 머리를 단정하게 땋았고 몸은 취했지만 기분은 취하지 않았던 아야의 친구는 짙은 검은색 단발머리였다. 두 사람 모두 몸이든 마음이든 전혀 취하지 않은 것처럼 보였다. 두 사람은 중학교 때부터 친구로 함께 풋살을 했다고 말했다. 그러고 보니 호텔에서 일어났을 때 창 너머로는 건너편 중학교가 보였고 유니폼을 입은 중학생들이 열심히 야구 연습을 하고 있었다. 그것이 그날 아침에 본 장면이었고 햇빛은 얇은 커튼을 통과해 침대를 데우고 있었다. 중학교 운동장을 보려고 한 것이 아니라 아침부터 1-2-3 하고 구령을 외치는 코치의 목소리가 들렸고 누군가 운동을 하나 봐 잠결에 그런 생각을 하며 자다 깨다 다시 잠에 들었다가 구령에 어이 어이 어이 하고 이어 답하는 소리를 몇 번 더 듣다 일어나 창 너머 무엇이 보이는지 살피게 되었다. 그날 아침 본 것은 야구 연습을 하는 남자 중학생이었는데 나는 그 애들이 어디선가 길을 걷고 길을 잃고 한참을 걷고 밥을 먹고 사람을 만나고 여러 일들을 겪은 뒤에 열아홉 살 여자애 아야와 아야의 친구가 되어 내 옆에 앉았다는 생각을 했다. 나는 그것을 천천히 제대로 보기 위해 이전처럼 술을 빨리 마시지 않고 천천히 천천히 한 모금씩 마셔야겠다고 마음먹었다. 아야와 친구는 잠시 후 자리를 떠났다. 나는 하이볼을 두 잔 마신 뒤 따뜻한 커피를 주문하여 마셨다. 커피를 마시자 술이 조금 깼다. 무엇인가 정신이 없거나 헷갈릴 때 커피를 마시면 된다고 나는 그때 정했다.

3. 아오이모리 공원

아무도 없던 늦여름 아오이모리 공원을 지나갔다. 공원 옆에는 아오모리 현청이 있었다. 현청 건물은 낮지만 길에서 보이는 정면 부분의 가로 폭이 넓고 나무색이어서 편안한 느낌을 주었다. 이런 사무적인 성격의 건물을 지날 때면 마치 늘 내가 이곳에 출근하는 것처럼 동선을 체크하고 자연스러운 표정으로 입구로 향해 본다. 그럴 때 어떤 이야기가 시작될 수 있을 것 같은 상태로 만드는 건물들이 있고 그러면 나는 그곳에서 일을 하고 싶다고 잠깐 마음먹게 된다. 그렇다면 나는 아오모리 현청에 출근하고 싶었나 아니 그보다는 근처 작은 건물에서 일을 하다 가끔 다른 업무로 현청 건물에 들어가는 정도가 좋을 것이다. 이곳에서도 어떤 이야기인가가 시작될 것 같았지만 매일 일을 하러 가기에 내게는 너무 넓고 환한 곳이었다.

공원 입구에서부터 사람의 기척은 없었다. 설마 이 넓은 공원에 아무도 없는 것일까 생각하며 천천히 걸었다. 신경 써서 관리된 나무와 꽃을 지날 때도 아무도 없었다. 공원 시계탑에 서서 지금이 몇 시인지 보았다. 지금은 그러니까……

    일요일 오후 아오모리의 오피스가는 눈앞의 건물들을 오피스가라고 불러도 된다면 무척 한적하고 나는 저 건물들 건물들에 사람들이 있다는 사실을 켜져 있는 형광등으로만 알아차리며 지금은 아무도 없는 공원이 전국에서 온 관광객들로 호텔 구하기조차 어려워지는 네부타 마츠리 때나 장미가 활짝 핀 어느 환한 날 오전에는 사람들로 북적일 것임을 알았다. 손에 양산과 물병을 든 사람들이 이 공원에 와서 한숨을 돌리고 다음 일정을 정리하고 방금 본 재미있는 것들을 이야기하다 몸을 일으키겠지. 그럴 때 이 공원에서 내가 처음 이야기하게 되는 사람은 아마도 아이를 데리고 온 젊은 여자이거나 개를 데리고 온 사람 아니면 나이 든 할아버지일 것같다. 개를 데리고 온 사람은 개를 데리고 왔기 때문에 그 사람이 어떤 사람인지는 처음에는 보이지도 않을 것이다. 개는 활발하게 타닥타닥 걷거나 조금 뒤뚱뒤뚱 걷거나 그사이 여러 변형된 걸음으로 이곳에 온다. 넓은 공원을 천천히 걷다가 벤치에 앉아서 가지고 온 책을 읽다가 다시 일어나 걸었다. 그렇게 30분쯤 걷다 다시 시계탑 앞으로 돌아와 시간을 보았을 때 털이 군데군데 희끗희끗한 누런 개가 리듬감 있는 발소리와 함께 나타나 내 운동화에 코를 대며 냄새를 맡았고 주인은 웃으며 미안하다고 했다. 나는 괜찮다고 말하며 손등을 개의 코에 댔다. 개는 잠시 나의 냄새를 맡다가 나무와 풀 길을 향해 떠났다.

그리고 나는 한참을 공원에 앉아 있다가 피스를 돌보는 30대 여성 유키가 나에게 다가오는 것을 본다. 피스는 나의 냄새를 맡지는 않고 관심이 없는 듯 그러나 나라는 사람이 거기 앉아 있다고 인지한 채로 유키 옆에 앉는다. 유키는 내가 물병과 먹다 만 스콘 밑에 깔아 둔 한국어 아오모리 관광 팸플릿을 보고 한국인이냐고 묻는다. 그렇다고 하자 유키는 가까운 한국인 친구가 있다고 말한다.

아오모리에 사시나요?
네. 저는 아오모리가 고향이에요.
아. 그 친구분도 지금 여기 사시는 건가요?
아아. 그렇죠. 네. 맞아요. 그 친구도 결혼해서 아오모리에서 살아요.

　가까운 친구?

　가까운 친구예요.

　유키는 이전에 공장에서 아르바이트를 했다고 했다. 공원에서 차로 15분쯤 걸리는 곳에 작은 공장이 있었는데 거기서 만든 빵과 과자가 토호쿠 전 지역 마트와 뷔페 식당에 납품되었다고 한다. 유키와 유키의 친구는 10여 년 전 그곳에서 아르바이트를 했다. 10년 전이 맞던가 유키는 고개를 갸웃했다. 젊었을 때. 젊었을 때라고 나도 똑같이 말하고 웃는다. 어떤 사람은 어릴 때 어떤 얼굴이었을지 왠지 상상이 가는데 유키는 그런 얼굴이었다. 유치원 원복을 입은 채 정면을 응시하는 까맣고 정직한 눈과 작은 입이 떠오르는 그런 사진 속 아이가 그려지는 얼굴. 그 공장은 매월 첫째 주 셋째 주 일요일마다 공장 앞에서 직판으로 싸게 판매도 했는데 그때는 동네 사람들은 물론이고 조금 멀리서 차를 타고 와서 사 가기도 했다고 말했다.

일단 뭐든 바로 만든 게 정말 맛있거든요. 비교가 안 되게 맛있어요.

유키와 친구는 시간이 지나 각자 취직이 되면서 공장 아르바이트를 그만두었지만 두 사람은 가끔 일요일에 유키가 모는 차를 타고 공장으로 가 과자를 사기도 했다고.

공장이라고 하기에는 뭐 아주 작고 그랬지만요.
아직 있는 건가요?
아니요. 언제더라 5년 전엔가 없어졌어요.

피스는 공원에서 방금 떠난 개의 냄새를 맡고 있다. 이미 알고 있는 냄새였다. 나는 주택가에서 그리 멀지 않은 곳에 있다는 빵 공장을 떠올렸다. 그곳을 지날 때면 멀리서부터 아주 맛있고 달콤한 냄새가 풍겼다고 유키는 말했다. 나는 언젠가 언제라도 그곳에 가야만 할 것 같았다. 나에게도 그런 시간이 찾아오고 언젠가의 나는 유키가 말한 빵 공장에 갈 수 있을 테다. 그러면 나는 이곳이 내가 와야 할 곳이었음을 느끼고 그와 동시에 내가 사랑했던 곳임을 알게 될 것이다. 나는 빵 공장 앞에 서 있고 빵 냄새는 내게 그 사실을 일깨운다.

4. 하마다 중앙공원

유키의 한국인 친구 아미는 두 아이를 키우며 하마다에서 살고 있다. 하마다는 아오모리 역에서 걸어서는 50분쯤 차로는 10분쯤 걸리는 곳으로 아오모리 중앙 인터체인지 근처에 위치한 동네이다. 한국에는 공원마다 있는 농구 코트가 일본에는 왜인지 조금 드물었는데 보통 실내에서 농구를 하기 때문인 것 같다. 나는 아미가 종종 하마다 중앙공원으로 아이들을 데리고 혹은 개를 데리고 산책을 하러 온다는 것을 알고 있었다. 아미의 개는 작은 갈색 푸들로 이름은 마루. 드물게 눈이 내리지 않는 12월 어느 날이었고 그러나 이전에 내린 눈이 얇게 마른 풀을 덮고 있었다. 여름에는 풀이 푸르게 자라고 키가 작은 꽃들이 풀을 따라 자랐겠지 생각을 하며 황량하게 마른 누런 풀들을 보았다. 농구를 하기에는 추운 날이었지만 아미의 아들은 자전거를 타고 와 공을 몇 번 바닥에 튕기다 드리블 연습을 했다. 아미는 갈색 푸들 마루를 데리고 공원을 한 바퀴 돌고 있었다. 하마다 공원에도 시계탑은 있었고 아직 낮인데도 곧 어두워진다는 것을 예고하는 듯 흐리고 구름 낀 날씨였다. 목줄을 쥔 채 개와 함께 걷고 있는 아미는 내게서 점점 멀어지고 나는 코트 옆에 서서 추운 날에도 공을 던지고 있는 남자애를 보고 있다. 어느 순간 남자애는 나를 의식하고 나는 구경하는 사람으로 웃으며 종종 박수를 치기도 했다. 그러다 내 가슴 정도 오는 키의 남자애는 내게 공을 던지고 나도 공을 몇 번 바닥에 튕겨 보다 골대를 향해 던져보았다. 공은 골대를 맞고 떨어졌다. 남자애와 나는 나란히 아 하고 아쉬워하고 어색하게 웃었다. 있잖아. 너에게는 말이야. 앞으로 너에게는 어떤 일이 벌어지게 되는 것일까. 너에게는 어떤 일들이 벌어지고 나는 어떻게 너를 다시 알아보게 되는 걸까.

아미는 우리가 이렇게 만나게 되었다는 사실을 아직은 알지 못한 채 바닥에 찻찻찻찻 소리를 내며 걷는 마루와 함께 공원을 산책한다. 혹은 개를 산책시킨다. 몇 개월 전 더위가 끈질기게 자리를 내주지 않던 여름에 나는 아오이모리 공원을 산책했다. 산책을 마친 나는 쓰쓰미 강을 향해 걸었다. 해가 진 오후였고 아주 덥다고 느끼지는 않았지만 걷다 보니 등이 땀에 조금 젖어 있었다. 왜 그곳까지 걸어갔더라. 지도에 강이 보였기 때문에. 츠츠미 강은 바다와 만나고 있었고 전날 바다를 보았으니 강을 보자는 생각 그리고 걸어서 20분이면 간다는 생각 그러나 모르는 길은 걷기 시작하면 늘 예상보다 막막하고 오래 걸린다는 생각을 피곤해져 조금은 무거워진 다리로 걸으며 했다. 하지만 현청을 지나 공원을 지나 지방재판소를 지나 호텔들을 지나는 길은 너는 지금 모르는 길을 처음 가 본 길을 그러나 반복하고 싶어지는 길을 걷고 있다고 순간순간 나를 일깨웠다. 그러면 잠깐이지만 기분이 환해지고 나는 정말 오래 걸을 수 있다는 생각이 들었다. 오래도록 계속계속. 호텔 근처에도 사람들은 많지 않았고 선글라스를 낀 채 짧은 팬츠를 입은 여자가 지나가고 긴팔 긴바지를 입고 양산을 쓴 여자가 호텔에서 나왔다.

한참 강을 향해 걷던 나는 공원 안내 표지판을 보고 방향을 바꿨다. 화살표 방향을 따라가면 나온다는 헤이와(平和) 공원을 향해 걸었다. 공원을 돌아본 뒤 강으로 향할 것이다. 평화. 헤이와. 공원에 어째서 그런 이름이 붙었을까 공원의 이름이 왜 평화 공원일까 이곳에서는 또 무슨 일이 일어났던 것일까. 그런 생각을 하다 보면 평화를 바랄 일이 지난 세기에는 많았다는 생각. 그러나 그것은 생각이라고도 할 수 없는 그저 무감한 반응에 가까운 것이고 그런 반사적인 반응이 내 안에서 이어지고 많은 것이 사라지고 시간이 지난 후에야 붙일 수 있는 평화라는 이름을 당장 어딘가에 여기저기에 천막처럼 커다랗게 펼쳐서 흐르는 무언가를 터져 나오는 무언가를 잠시라도 덮어 두어야 할 것 같지만 평화는 어디에도 쉽게 붙지 않는다. 평화는 현재에는 지금에는 붙지 않는 것이다. 그것은 간신히 끝난 곳에 그러나 정말 끝났을까 의심을 품게 하는 곳들에 떨어질 듯 붙어 바람에 흔들린다.

아미는 헤이와 공원을 산책한 뒤 분수 앞에서 잠시 열을 식히며 터져 나오는 작고 미세한 물방울들을 본다. 아미는 이제 더 이상 자신이 왜 이곳에서 살고 있는지 같은 생각은 하지 않게 되었는데 가끔 이렇게 가만히라고 할 만한 시간이 찾아오면 그럴 때 문득 자신이 고향인 인천에서 어떻게 이곳까지 오게 되었는가 생각한다. 다른 외국에 비하면 전혀 먼 곳은 아니지만 때때로 아오모리는 머나먼 곳으로 느껴지고 도쿄나 오사카 같은 곳이 아니라서인지 외딴 곳에 떨어진 느낌 아무도 없고 누구도 없이 실제로 자신을 찾는 이도 찾아오는 이도 없는 곳에 떨어져 버렸다는 것을 과장 없이 담백하게 깨닫는다. 별 문제가 없음에도 이런 생각이 드는 날은 죽는다면…… 하고 속으로 중얼거린다. 크게 신경 쓸 문제는 없는데 내가 죽으면 아무것도 남지 않겠지 어쩌면 마루가 가장 내 존재를 크게 느낄지 몰라 하고 생각하다가 그런데 그것이 의외의 상쾌함을 준다고 느낀다. 아무도 아는 이가 없는 곳에 와 일을 하다 결혼을 하고 아이를 낳고 그런 시간 속에서 나의 얼굴을 아는 이들을 외워 간다. 그렇게 살아왔다는 생각을 하며 외딴 곳에서 찾아오는 이도 찾아 줄 이도 없는 곳에서 고개를 돌리면 보이는 몇몇 사람들의 얼굴과 이름을 외워 가며 살고 있다. 많지 않은 수의 이름과 얼굴이 외워지고…… 아미는 몇몇 이들의 얼굴을 떠올린다. 아미는 분수대에서 발걸음을 돌려 다시 개를 데리고 공원을 좀 더 걷다 근처 주차장으로 가 차에 개를 태우고 집으로 향한다. 나는 헤이와 공원으로 들어가 멀어지는 아미를 보고 가끔은 나의 시간이 아미가 느끼는 시간과 완전히 같다고 생각한다. 나의 얼굴을 아는 사람들을 느리게 외우며 어떨 때는 누군가를 알 것 같다고 생각하지만 대개는 누구도 잘은 알지 못한다고 생각하고 하지만 그것이 슬프지 않았고 기꺼웠다. 나에게 얼굴을 보여 준 사람들 내 얼굴을 보아 주는 사람들 역시 나와 같지 않을까. 나는 아미에게 뛰어가 팔을 붙잡고 있잖아 너에게는 무슨 일이 벌어지게 될까 말하고 싶어지는 마음을 바라보았다. 아미는 개를 데리고 주차장으로 간다. 아미는 멀어지고 나는 나의 방식으로 아미를 따라가고 있었다. 있잖아. 앞으로 너에게는 어떤 일이 벌어지게 되는 것일까. 어쩌면 아미 역시 똑같은 이야기를 나에게 하고 있을 것이다. 나는 그것을 느끼며 나에게 벌어질 일들을 예견할 수도 그러나 놀랄 수도 없는 일들을 바라보며 공원을 천천히 걸었다.

  아미라는 사람이 내가 만날 수 있었고 동시에 만날

수 없었던 사람들이 모여서 만들어진 사람처럼 여겨지다 문득 그게 나라고 순간 느낀다. 어디서 무얼 하든 만날 뻔했던 사람들이 우리가 숨을 쉬는 공기 속에 함께하고 우리는 그렇게 서 있고 걸어간다.

5. 사과의 품종

 역시 사과를 먹어야겠다고 생각했다. 가게에는 사과가 쌓여 있고 자판기에는 사과주스가 품종별로 있었고 아오모리 역 앞 가로수 역시 사과나무였다. 카페에는 당연하게 사과주스와 애플파이가 메뉴에 올라와 있다.
 9월 초 아직 늦여름일 때 아오모리에서 나는 사과 품종 중 붉은 사과로는 미키와 쓰가루가 있고 연둣빛을 띠는 노란 사과로는 키오우가 있다. 가게에서 쌓아 두고 많이 파는 쪽은 쓰가루였고. 큰 가게에는 월별 출하 품종표와 각 품종의 단맛과 신맛을 표시해 둔 그래프가 붙어 있었다. 쓰가루는 단맛이 강하고 신맛은 적은 품종으로 표시되어 있었다. 나는 신맛을 좋아하는 편이라 맛이 있으려나 잠시 고민하다 쓰가루를 샀는데 기분 좋게 상큼한 단맛이라 매일 먹고 싶었다. 쓰가루는 어떤 맛인가요? 묻는다면 쓰가루는 사과를 떠올렸을 때 바로 떠오르는 맛에 가깝다고 대답하고 싶지만 아무래도 부족한 설명이네요. 키오우는 쓰가루보다는 신맛이 강했지만 역시 기분 좋게 산뜻한 맛이었다. 나는 3일 동안 과일 가게에서 산 한 개의 키오우와 두 개의 쓰가루를 먹었다. 두 병의 사과주스와 자판기에서 뽑은 세 캔의 사과주스를 마셨다. 그리고 키오우 세 개와 쓰가루 네 개를 사서 집으로 돌아갔다. 가방에 코를 대면 상큼한 사과의 냄새가 연하게 풍겼다.

몇 개의 사과를 아마 매번 아오모리의 사과와 비교하며 먹게 될 그 사과들을 먹으면 겨울이 오는 걸까요? 혹은 몇 개의 사과를 먹어야 비로소 겨울이 되는 걸까요? 나는 10월에는 11월에는 그리고 그다음에는 어떤 사과들이 나오는지 보며 외국 도시의 이름처럼 사과들을 하나씩 불러 보았다. 부사와 시나노 스위트, 홍옥과 조나골드. 토키와 시나노 골드, 별의 금화와 금성. 단단하고 새콤하고 과즙이 흐르고 붉고 노란 사과들. 아무것도 바뀌지 않고 변하지 않은 채 마치 사과만이 새롭게 가게에 쌓여 있으리라 생각하기 쉽지만 어쩌면 사과만큼 무언가 바뀌고 움직이며 그러나 어딘가 여전한 사람인 채로 나는 겨울의 사과를 먹게 될 것이다.

헤이와 공원을 나와 츠츠미 강에 이른 나는 잠시 강을 바라보다 천천히 강을 따라 걸었다. 작은 배가 보였고 물 냄새가 난다고 생각했다. 해조류 냄새가 섞인 바다의 냄새와는 다른 강의 냄새를 따라 걸었다. 강을 따라 걸으며 다섯 개의 야키소바 가게를 지나쳤다. 야키소바를 먹고 강을 산책하는 것이 여기서는 모두가 하는 일인가 생각했다. 아니면 야키소바를 포장해서 강가에 앉아 먹는 것일까 그것도 아니면…… 그런 생각을 하고 있을 때 강을 가로지르는 다리가 보였고 나는 다리를 건너는 것도 지나는 것도 아니라 다리 위에 서서 잠시 강을 보았다. 다리 위에서 강 너머를 보자 갑자기 커다란 주차장이 보였고 주차장 옆에는 초등학교가 그 옆에는 중학교인지 고등학교인지가 나란히 붙어 있었다. 3분의 1쯤 채워진 주차장에는 7년 전쯤 생산된 닛산의 중형차 한 대가 주차되어 있다. 아미와 아미의 친구 리에는 오랜만에 만나 오전부터 맥주를 마시고 차에서 커피를 마시다 잠시 낮잠을 자고 있었다. 리에는 원래 아미 남편의 친구였으나 언젠가부터 아미와 더 가깝게 지내게 되었다. 듣기로 리에는 고등학교 졸업 후 2년에 한 번 정도의 느낌으로 직업이 바뀌었으나 이번 일은 7년째 하고 있으니 개중에서 드물게 오래 일하고 있는 셈이라고 했다. 현재 직업은 렌터카 회사에서 근무하며 손님이 다른 지역에 반납한 차를 찾아오는 일이었는데 아마도 혼자서 일하는 시간이 길고 이곳저곳을 다닐 수 있어서 오래 하고 있는 것인지 모르겠다. 리에는 깔끔하고 확실한 성격이었지만 답답한 것을 참지 못했고 갑자기 혼자 있고 싶어지면 자리에서 일어나 문을 열고 나갔다. 어떨 때는 문을 열고 나가 돌아오지 않았고 그렇게 생각하면 리에의 직장이 왜 그렇게 자주 바뀌었는지 납득이 갔다.

나는 다리에 서서 주차장을 보고 이 시점에서 나는 리에의 이름을 알 수는 없었지만 다리를 건너고 다시 강을 따라 걷다가 주차장에 가 잠에서 깬 친구인 아미를 데려다주러 출발하는 그에게 손을 흔든다면 혹은 나는 다리를 건너지 않고 다시 왔던 길을 되돌아가 신마치를 향해 걷고 그는 차를 출발해 운전을 하다 왠지 커피를 마시고 싶어져 다시 신마치 근처 주차장에 주차하고 우리는 같은 곳에서 커피를 마시게 되고 나는 그가 읽고 있는 책을 보고 무언가 물어볼지도 모르겠다. 하지만 그래도 우리가 서로의 이름을 알게 되지는 않을 것이다. 내가 리에의 이름을 알게 되는 데는 더 긴 시간이 필요하고 신마치의 카페에서 커피를 마시며 그에게 듣게 되는 이야기는 다른 이야기였다. 그때 내가 듣게 되는 이야기는 어떻게 일을 하고 새로운 일을 시작하고 움직이게 되는가 하는 것이었는데.

리에는 그렇게 자신의 일에 대해 이야기하고 이제 여기서부터는 리에의 이야기로 그 사람은 운전이 직업에 가까우니 운전을 아주 잘한다고 할 수 있고 운전을 잘하는 사람의 옆에 앉아서 1시간 30분 정도 걸리는 드라이브를 한다고 생각하면 될 것이다. 그건 너무 부드럽고 편안한 시간이라 나도 모르게 잠들어 버릴지도 모르고 혹은 갑자기 바깥 공기는 선명하고 차가운 밤하늘은 정신을 맑게 해 모든 것을 생생하게 만들어 정신을 바짝 차리게 만들지도 모르겠지만. 이제 차 문을 열고 그의 옆에 앉으면 리에는 익숙하고 부드럽게 운전을 시작하고 그러는 사이 이야기는 시작될 것이다. 이 사각형을 차 문이라고 생각하고 열고 들어가면 된다. 리에는 음악을 틀지 않고 운전을 하는 쪽이다.

 내가 운전을 하다 겪은 가장 이상한 일은 나에게는 가장 이상했지만 돌이켜보면 흔한 옛날이야기의 변형된 패턴에 가깝다는 생각이 들기에 다른 이들에게 이야기해야 할 때는 몇 년 전 아오모리에 갔을 때 이런 일이 있었다는 정도로만 이야기하고는 한다. 새벽부터 센다이에서 출발해 네 시간가량 달려 아오모리 역 근처에 주차된 차를 찾으러 갔을 때는 막 해가 뜨기 시작한 시간이었다. 피로를 풀 겸 아사무시온센 역으로 가 바다를 향해 나 있는 온천에서 몸을 녹였다. 추웠던 것은 아닌데 따뜻한 물에 몸을 담그자 몸이 녹는 기분이었고 그렇게 몸과 마음이 부드러워진 상태로 눈앞에 펼쳐진 바다를 보았다. 정박된 작은 배 몇 척이 보였고 멀리 작은 섬도 보였다. 여름이면 바다를 따라 바비큐를 하는 사람들이 많았는데 아직 이른 시간이어서인지 바다 주변에는 아무도 없었다. 아무도 없이 홀로 따뜻한 물에 잠겨 펼쳐진 바다를 보는 것이 더없이 편안했고 조금은 호사스럽게도 느껴졌다. 잠을 거의 자지 못해서인지 졸음이 밀려왔고 탕에도 온천에도 아무도 없어서인지 어느새 앉은 채로 고개를 숙이며 잠이 들었다. 고개를 꾸벅이다 눈을 떴을 때 배 한 척이 바다 저편에서 다가오는 것이 보였는데 배 안에는 흰 새끼 염소가 대여섯 마리 타고 있었다. 대여섯 마리였지만 배가 작아서 배는 염소로 빽빽한 것처럼 보였다. 사람도 없이 염소로 가득한 배가 천천히 다가왔고 어느샌가 뭍에 가까워진 배에서 염소들은 알아서 한 마리씩 내려 흩어졌다. 염소들은 어디로 간 것일까. 나는 재빨리 수건으로 몸을 닦고 머리를 말리고 옷을 입고 나와 바다 쪽으로 가 보았다. 스스로 바다를 향해 가는 것일까 염소를 찾으러 가는 것일까 헷갈려하며 발을 옮겼다. 해는 이미 완전히 떠 쨍한 날씨였고 바다에는 아무도 없었다. 아무것도 없었다. 이게 내가 운전을 하다 겪은 가장 이상한 일이었다. 운전을 하다 겪은 일이 아니라 목욕을 하다 겪은 일일지도 모르겠지만 운전을 하지 않았다면 겪지 않았을 일이니 내게는 운전 중에 일어난 일로 각인되어 있다.

다른 사람이 듣는다면 훨씬 더 무섭거나 우습게 느낄 여러 일들도 있었다. 그렇지만 나에게 가장 강하게 남아 있는 일은 이것이었다. 이건 내가 겪은 일이라고 하기에도 힘들고 그저 내가 본 것에 가깝고 염소들이 내게 이야기하는 것은 아무것도 없지만 어쩌면 아무것도 없다는 그 이유 때문에 종종 그 일이 떠오르는 것일지 모르겠다. 염소는 불길한 쪽일까? 행운인 것일까? 하지만 그 이후 내게 염소가 불러일으킨 일 같은 것은 아무것도 없었다. 나는 그리고 다시 센다이로 돌아와 차를 회사에 반납했고 센다이에 주차한 나의 차를 타고 집으로 돌아왔다. 아마 바다로 나갔을 때 염소를 만났다면 나는 아마 뭐에 씐 듯이 염소를 차에 태웠을 것이고 대책 없이 염소를 데려왔을 것이고 그렇다면 일을 그만두게 되었겠지 하고 종종 생각한다.

그때부터 일을 할 때면 어느 차를 타든지 눈에 보이

지 않는 투명한 염소를 데리고 다닌다고 생각하게 되었다. 원래 운전을 꽤 좋아했지만 염소를 본 이후로 아니 투명한 염소를 데리고 다니게 된 이후로 운전을 더 좋아하게 되었다. 그렇다면 그건 나름 좋은 일 아닐까. 언젠가 더 이상 투명한 염소가 타고 있지 않다고 느낄 순간이 찾아올지도 모른다. 그러나 그때에도 무언가 투명한 염소의 흔적이 있을 것이다. 아무튼 나는 앞으로도 운전을 좋아할 것 같다. 그런 생각이 든다.

스캔디나비아에서 들려온 편지

강주를 만난 곳은 중부시장 안에 있는 움직임 연구회 워크숍이었다. 연구회는 운동이나 춤을 가르쳐 주는 곳은 아니었고 워크숍 모집 설명에 따르면 개인의 일상적인 움직임을 스스로 탐구해 보고 가능하다면 움직임의 가동 범위를 넓히는 시도를 해 보는 곳이라고 했다. 그때 나는 묵정공원 근처 친구의 사무실을 빌려 쓰고 있었는데 사무실에 놀러 온 친구의 지인이 움직임 연구회에서 워크숍을 진행한다고 괜찮으면 한번 나와 보라고 했다. 그렇게 나갔던 워크숍이 나에게 꽤 맞는 느낌이었고 한 번의 과정이 끝나자 다음 워크숍을 기다리게 되었다.

　예전에는 요가를 한 적도 있고 헬스장에 나가서 운동을 하기도 했는데요. 요즘은 점심 먹고 사무실 근처를 걷거나 아니면 주말에 달리기 하는 정도이고요. 평소에는 주로 컴퓨터 앞에서 앉아 있고 그러다 가끔 일어나 커피를 마시는 것 같은데 생각해 보니까 조금 움츠러든 자세인 것 같아요.

　워크숍 첫 시간에는 간단한 자기소개와 함께 자신의 평소 움직임에 대해 이야기를 하고 사람들에게 그 움직임을 보여 주었다. 첫 시간 진행자였던 친구의 지인은 머뭇거리거나 부끄러워하지 말고 그 순간만은 집중해서 평소의 움직임을 보여 달라고 했다. 나는 의자에 앉아 내가 평소에 어떻게 앉는지 눈앞에 노트북이 있는 것처럼 거기에 뭔가 보이는 것처럼 고개를 숙이고 앞을 보았는데 아 정말 문서를 읽는다고 생각하며 집중하자 어느 순간 고개가 앞으로 나오고 긴장된 어깨가 올라갔다. 그저 앉아 있는 게 다였지만 내 움직임은 이렇구나 하고 어깨가 올라간 순간 강하게 느꼈다. 강주는 그때 맨 처음 자기소개를 했는데 직장을 그만두고 쉬는 중이라고 했다. 얼마 전부터 지인의 소개로 동대문 상가 안에 있는 카페에서 배달 아르바이트를 한다고. 강주는 키가 큰 편이었는데 팔도 길어서 전반적으로 길쭉한 인상이었다. 학교 다닐 때 수업에 자주 빠지던 배구부원들을 생각나게 하는 키가 크고 어딘가 묵묵한 느낌의 사람이었다. 강주는 조금 머뭇거리면서 그러나 차분하게 자신은 발이 무척 빠른 편이라 빠르게 발을 움직이는 자신에 대해 종종 생각한다고 했는데 그걸 듣다 보니 이 사람이 성큼성큼 걸어가는 모습이 그려지는 것도 같았다.

첫 시간에는 늦을까 봐 (실제로 5분쯤 늦었다.) 급하게 뛰느라 제대로 못 봤는데 연구회는 시장 안 메인 통로에서 옆으로 난 골목 안 벽돌 건물에 있었다. 주변 건물이 워낙 오래되어서인지 지어진 지 20년은 되었을 것 같은 그 건물이 무척 새 건물처럼 보였다. 목재사와 호텔이 있는 골목에 움직임 연구회라는 나무로 만들어진 작은 간판과 그보다는 얇은 합판으로 만든 입간판이 놓여 있었다. 어떻게 다들 알고 찾아오는 것일까 생각을 하며 시장을 천천히 걸어 사무실로 향했다. 중부시장은 근처이니 늘 자주 지나가기는 했는데 자세히 살펴본 것은 이번이 처음이었다. 멸치골목 굴비골목 같은 이름을 보면서 건어물을 이렇게까지 집중적으로 파는구나 생각했다. 시장 한 편에는 중부시장의 역사가 짧게 쓰여 있었는데 1955년 시장 부지로 책정되어 서울 3대 시장을 목표로 건설되었으며 1959년 2월 26일 개장식을 시작으로…… 개장 당시 이승만 대통령이 참석하였으며…… 1965년부터는 건어물과 해산물 중심으로 성격이 개편되어 현재까지 강남 강북을 합하여 가장 큰 건어물 시장으로…… 같은 설명을 읽었다. 자주 지나다녀서 몰랐는데 생각보다 오래된 시장이구나. 1953년 휴전이 되고 아마 한국 여러 시장들의 시작처럼 미군 물품들을 빼와 팔던 곳이 늘어나고 무엇이든 가져와 사고 팔고 사람을 만나던 곳이 정식 시장이 된 것이겠지. 전쟁 때 그렇게 많은 사람들을 죽게 한 이승만은 여전히 대통령으로 1959년 중부시장 개장식에 참석한다. 전쟁이 멈춘 1953년을 그려 보려고 하지만. 동대문과 남대문 사이 오장동에 사람들이 미군 물품과 먹을 것과 입을 것과 노동력을 가져오고 내어 오고 내어 주고 여기에 뭔가 허가를 내주시오 세워 주시오 하는 목소리와 함께 서울에 길을 내고 다리를 놓는 일이 동시에 진행이 되었겠지 하고 그려 보려 하지만 거기서 사람들이 정말 무엇을 먹었을까? 해장국 같은 음식을 먹은 것일까 고기 없고 건더기 없고 조미료도 부족하고 밀가루 같은 것으로 부족한 부분을 채운 무언가를 떠올려 보지만 알 수 없었다. 시장에서 사람들은 무엇을 사 먹었을까 그런 생각을 하며 걷다 보니 배가 고파져 사무실로 들어가기 전에 칼국수를 사 먹었다.

워크숍에 참여한 다음 날이었나. 몇 년 전 돌아가신 아버지가 꿈에 나왔다. 아버지는 예전처럼 깔끔하게 갖춰 입은 차림이었다. 여름에서 가을로 넘어가는 계절 같았는데 나무들의 잎이 군데군데 녹색을 남긴 채 노란색과 주황색으로 변해 가고 있었다. 피케 셔츠에 린넨 재킷을 입고 베이지색 면바지를 입은 아버지가 천천히 걸어오고 있었다. 언제나처럼 웃고 계셨고 나를 향해 손을 흔들고 있었다. 몇 년간 병으로 고생하신 데다 중환자실에서 돌아가셨지만 꿈에서는 이전처럼 건강한데다 어린

시절의 아버지처럼 젊은 모습이라 아빠 젊어 보여요 생각했다. 나는 나이가 많이 들었는데……. 그러나 나는 딸이고 겉모습으로는 나이 차이가 얼마나지 않을 두 사람은 서로가 서로의 아버지이고 딸이라는 것을 당연하게 받아들이고 있었다. 건강해 보이던 아버지는 가까이 다가가자 왜인지 어깨가 물렁하게 빠져서 내가 옆에서 부축을 하며 걸어야 했다. 건강하고 젊고 밝은 얼굴인데 왜인지 몸 부분 부분이 한 번씩 물컹하게 빠지고 나의 팔을 붙이고 걸으면 또 한동안 제자리에 있고 그런 상태로 천천히 팔과 팔을 붙인 채 공원을 걸었다.

아버지는 공원에서 커피를 파시겠다고 했다. 어느샌가 옆에서 젊은 청년이 다가와 작은 원목 테이블을 공원에 놓더니 가방에서 커피를 내리는 데 필요한 주전자와 잔 같은 것을 꺼냈다. 어디선가 아주 커다란 온수통도 나왔다. 누가 가져왔더라. 아빠는 가끔 몸에 힘이 빠지는데 어떻게 커피를 팔 수 있을까 생각했는데 흐린 날씨지만 공기가 선선했고 주변에서 도와주는 사람들이 있었고 공원도 오래 걷고 싶은 좋은 느낌이었다. 아빠는 이렇게 커피를 팔아 돈을 벌어 또 나를 찾아오겠다고 했다.

꿈에서 아빠가 알려 준 것인지 아니면 꿈에서 걸어 나오며 내가 한 생각인지 나는 그곳이 키치조지의 이노카시라 공원이라는 것을 알았다. 아빠가 돌아가신 다음 해 나는 휴가를 내 베를린에 갔다 왔는데 베를린에서 바로 한국으로 돌아오지 않고 도쿄에서 며칠을 지냈다. 그때 묵던 곳은 키치조지역에서 걸어서 20분쯤 걸리는 곳이었고 매일 새벽같이 눈을 떠 이노카시라 공원에서 시간을 보내곤 했다. 아버지는 어디선가 그게 어디인지 모르겠지만 내가 도쿄에 있다고 생각하고 천천히 걸어서 나를 찾아오셨나 보다 생각했다. 아니면 베를린에서도 나는 늘 공원에 있었으므로 아버지는 베를린 공원에도 찾아와 살펴보다가 역시 뭔가를 팔아야겠다고 생각했던 걸까. 이노카시라 공원을 걷는 아버지. 이렇게 나는 다시 한국에 왔는데. 공원에서 커피를 팔며 돈을 벌어서 또 한국으로 돌아오시는 걸까 아니면 아버지는 아버지대로 여기저기 다니시는 걸까. 그러려면 돈이 필요하니까 커피를 파시는 걸까 꿈에서 깬 순간에는 왜인지 슬퍼져 옆에 누운 장우를 세게 끌어안았다. 어어 하며 잠든 채 나를 끌어안고 그러다 어느 순간 꿈에서 멀어진 우리는 완전히 눈을 뜨고 평범한 얼굴로 아침을 맞이한다.

　잠이 완전히 깨어 커피를 마시면서는 베를린에서도 도쿄에서도 휴가로 빈 지인의 집과 회사에 다니는 친구네서 지냈다는 것을 떠올렸다. 이사 갈 날짜를 기다리고 있는 지금도 상황은 같은데 막연하고 정처 없다는 생각과 그럼에도 여전히 누군가 공간을 내어 주고 있구나 하는 생각을 잠시 했다.

　움직임 연구회의 워크숍에 참여한 이후 내 움직임에 큰 변화는 없었지만 그럼에도 움직임이라는 것 때에 따라 자세나 동작에 가까울 그것을 떠올려 보게는 되었다. 아버지가 꿈에 나온 주에는 팔과 팔을 붙이는 동작에 대해 생각했다. 누군가와 팔을 붙이고 팔짱은 끼지 않고 손도 잡지 않고 서로 적당히 기대며 걷는 것을 해 보고 싶다. 그런 생각을 잠깐씩 했다.

　그 주에는 작은 아버지가 돌아가셨다는 연락을 받고 갑자기 장례식에 가게 되었다. 장례식은 대개 갑작스럽게 가는 곳이고 작은 아버지는 90이 넘으셨지만 그래도 어쩐지 늘 건강하게 계실 것만 같았다. 장례식장으로 향하며 아버지가 중환자실에 계실 때 큰아버지가 돌아가셨고 그래서 아버지는 돌아가실 때까지 큰형님의 죽음을 몰랐으며 그리고 이제 모두 돌아가시고 고모들만 남았다는 사실을 문득 알아차렸다. 장례식장에 가 조의금을 내고 인사를 드리고 자리에 앉았다. 광고회사 중역인 사촌언니가 공군 장교였던 본인 아버지의 일생을 짧은 영상으로 제작해 틀어 두었다. 아버지와도 나이 차이가 스무 살쯤 나던 작은 아버지는 늘 오일로 넘긴 머리에 정장을 입고 용돈을 후하게 주시는 분이라는 어린 시절 인상 외에는 남은 것이 없었는데 몇 년 출생 몇 년 입대 같은 숫자를 보자 이 사람이 1930년대 초반에 태어나 10대에 전쟁을 겪고 전쟁이 끝나고 공군에 입대했구나 같은 사실이 실감이 났다. 좀 더 일반적인 한국의 노인처럼 느껴졌다. 그렇게 더해지는 숫자를 보다가 전라도 출신인 이 사람은 1980년대 전두환 정권 때 더 이상 별을 달지 못하고 예편했다는 것을 알게 되고 옆에서 고모들은 그게 오빠한테 얼마나 한이었어 했다. 이제 50대가 된 사촌오빠들은 늘 작은아버지가 자신들을 따로 데려가 활주로를 보여 주고 하늘을 나는 것이 얼마나 멋진 일인지 공군으로 사는 것이 얼마나 좋은지 이야기했다고. 집안을 살려야 한다고 생각하는 똑똑한 남자애가 사관학교를 가야겠다고 결정할 때 육군도 해군도 아니고 공군인 이유가 있었을까. 사관학교에 가기 전에 무엇이든 하늘을 나는 장면을 본 적이 있었을까 있었다면 아마 전쟁이었겠지. 그렇게 죽은 사람에 대해 이전까지는 전혀 알지 못했던 이야기를 한참 듣다가 나왔다.

이상하게 지하철역으로 향하며 중부시장에서 본 사진을 떠올렸다. 아마 중부시장 개장과 작은 아버지의 군 입대가 같은 해였기 때문일 것이다. 전쟁이 멈춘 서울과 시장에 앉아 있는 사람들과 하늘을 나는 전투기를 모는 군인들. 전쟁을 실감할 수 없듯 1959년 서울을 어떻게 실감할 수 있는가 잠깐 생각하다가 아빠 둘째 작은아버지 돌아가셨어 하고 어디선가 튀어나온 목소리에 놀랐다. 공원에서 커피를 내리는 아빠. 키가 큰 사람과는 팔을 붙이고 걸을 수 없을까? 아니면 우리는 언제든 누구에게든 그럴 때가 오면 꿈에서처럼 어깨에 힘을 풀고 천천히 팔과 팔을 붙일 수 있는 것일까. 나는 그걸 실제로 누군가와 해 보고 싶은 것도 같았지만 누구의 팔도 꿈의 팔처럼 물컹거리지 않을 것이고 누구의 팔도 꿈같지 않을 것이다. 강남은 멀었고 돌아와서는 대충 씻고 바로 잠이 들어버렸다.

워크숍에 참여한 사람들은 첫날에는 열두 명이었고 두 번째 시간에는 신청하고 첫날에 안 왔던 사람과 친구의 이야기를 듣고 재미있을 것 같아 추가로 신청했다는 사람이 한 명 그렇게 두 사람이 늘었지만 어째서인가 인원은 그대로 열두 명이었다. 그 이후로 인원은 점점 줄어 마지막 시간에는 일곱 명이 남았다. 적은 인원 때문일지 크게 애쓰지 않아도 모두와 한두 번쯤은 이야기하게 되었는데 강주는 또래처럼 보여 말을 걸기가 쉬웠고 워크숍이 끝나면 주로 주변을 걸어 다닌다는 이야기가 나한테서였는지 강주한테서였는지 나왔고 결국 둘 다 그런 사람이었으므로 누구에게서 먼저 나왔어도 이상하지 않을 이야기여서 자연스럽게 워크숍이 끝나면 주변을 함께 자주 걷게 되었다. 강주도 나도 정해 두지 않고 여기저기를 걷는 사람들이었지만 그래도 걷다 보면 습관처럼 걷게 되는 루트가 생기는데 강주는 동대문을 향해 걷다가 우즈베키스탄 음식점이 모여 있는 골목으로 가 쿠션같이 크고 둥근 빵과 사워크림을 사서 걸었다. 화덕에 구운 빵은 크고 따뜻했고 나는 옆에서 만두처럼 고기가 들어간 빵을 샀다. 우리는 빵을 사고 좀 더 걷다가 커피를 사서 훈련원 공원으로 향했다. 공원 벤치에 앉은 우리는 마치 이것을 보러 온 것처럼 스케이트보드를 타고 있는 사람들을 말없이 바라보았다. 뭔가 동물원 같은 것은 아니지만 연극 같은 것도 아니지만 말을 하지 않고 한 방향을 보고 있는 것이 자연스러웠다. 강주는 워크숍 두 번째 시간에 같이 움직임 연습을 했던 애리 씨가 원래 여기서 보드를 탔다는 이야기를 했다. 그리고 보니 나는 그분과는 짝이 된 적이 없었다.

제가 일을 하기 전이나 아니면 아예 아침에 일이 끝나서 올 때도 있고 이렇게 낮에 오기도 하는데 여기서 보드를 타는 사람들은 약속을 안 하고 그냥 오는 것 같았어요. 그냥 오면 누군가 있는 그런 느낌인가 봐요.

그거는 좀 신기하네요.

그렇죠. 그런데 생각해 보니까 혼자 해도 할 수 있는

운동들이 그런 것 같아요. 저 예전에 한강 근처에서도 살았는데 저녁에 언제 가도 누군가 농구를 하고 있었거든요. 농구는 아무튼 혼자 공을 던지고 놀아도 되잖아요. 축구나 야구는 안 되는데. 그래서 혼자 해도 되니까 그냥 나오는 사람들이 많을 수도 있을 것 같아요.

강주가 그때 무슨 생각을 하고 있었는지는 모르겠지만 왠지 조금 들뜨고 즐거워 보였는데 나는 강주가 의외로 농구를 꽤 잘하는 것일지도 모른다는 생각을 했다. 키도 크고 팔도 길고 발도 빠르고. 그렇게 이야기하다 커피를 마시고 뜯어 먹고 뜯어 먹어도 여전히 커다란 빵을 조금씩 계속 뜯어 먹었다. 강주는 지금은 지하철을 타면 한 번 갈아타야 하지만 버스를 타면 10분 정도 걸리는 곳에 산다고 했다. 한강 근처 집은 친구가 전세로 살던 옥탑이었는데 왜인지 집주인이 10년 넘게 보증금을 올리지 않아 친구는 본가로 들어가 살면서도 방을 빼지 않았다고. 그래서 강주는 천안에서 일을 하면서도 서울에 일이 있거나 할 때 거기서 묵었다고 했다.

농구공도 있어요?

네. 그 집에요.

그래서 이번에 서울로 이사를 올 때도 친구와 이야기를 해 볼까 생각하다가 적당한 집을 발견해서 이사를 한 것이라고 했다. 강주는 가끔 농구를 하러 한강에 갈 때 친구네 집에 들러 청소를 해 주고 낮잠을 자고 온다고 했다. 나와 강주는 왜인지 몰래 수업을 빠진 고등학생처럼 슬금슬금 웃으며 이참에 한강에 갈까 하고 이야기를 주고받았다. 강주는 친구에게 연락을 하고 나는 보드를 타고 지나가는 사람들을 바라보았다. 한강이라.

커피를 다 마시고 공원을 나와 좀 더 걷다 출발하기로 했다. 강주는 가림막이 설치된 공터 같은 곳을 가리키며 여기가 미군 부대라고 말했다. 을지로 한복판에 미군 부대가 있는 줄은 몰랐다는 이야기를 이어서 주고받고. 강주도 근방에서 일하기 전까지는 전혀 몰랐다가 최근에야 알게 된 것이라고.

강주의 설명으로는 여기가 군인들이 훈련을 하는 그런 용산 같은 부대는 아니고 뭔가 설비 같은 것을 담당하는 곳이라고 했다. 원래는 국민학교였다는데 전쟁 중에 부지가 미군에 징발된 것이라고. 훈련원 공원은 조선시대부터 무관들이 훈련을 받던 곳이라는데 그 너머에는 바로 미군의 설비를 담당하는 부대가 있고 사실은 그게 원래는 아이들이 다니던 학교였다는 것이 이상하다고도 신기하다고도 할 수 없는 기분과 함께 지나치게 서울 한복판이라는 감각.

그러고 보면 나는 서울을 잘 모르고 이때의 서울은 더더욱 모른다. 전쟁 때 북에서 내려와 줄곧 서울에 살고 있는 할머니 할아버지 들을 둔 친구들이나 몇 대째 서울 토박이라는 선생님들 진짜 서울은 사대문 안이라고 말하는 선생님들은 아마 누군가에게 이 근방의 이야기를 들었거나 들을 수 있을지 모르겠다. 학교에서나 일을 하다 만난 선생님들 중에는 아주 드물게 서울 토박이라고 자랑스럽게 말하는 사람들이 있었지만 친구들 중에는 아무도 없었다. 대부분 지방에서 올라온 부모님들이 서울에 직장을 갖고 정착하게 된 경우였다. 서울은 넓고 점점 더 넓어지고 사람들은 많아진다.

미극동공병단은 국립중앙의료원과 나란히 서 있었고

국립중앙의료원은 정면에서 볼 때는 그저 종합병원처럼 보이는 커다란 건물이었는데 공병단을 따라 걸으니 페인트칠이 벗겨진 오래되고 낡은 벽이 보였다. 우리는 다음에 저기에 가 보자고 했다.

각자 반쯤 남은 빵을 손에 든 채 우리는 한강으로 향하는 버스를 탔다. 버스 안에서 왠지 조금 나른해진 나와 강주는 아직 추우니까 바람이 많이 부니까 한강은 관두자고 말한다. 우리는 시장으로 가 이제 막 나오기 시작한 대저 토마토와 김밥 떡볶이 튀김을 샀다. 길을 건너고 골목들을 지나 계단이 많아요. 강주는 조용히 웃으며 계단을 올랐고 몇 개의 번호를 눌러 옥상 문을 열었다. 강주는 친구의 집을 청소하겠다고 했고 나는 옥상에 앉아 남은 빵을 먹었다. 춥지는 않았고 바람도 많이 불지는 않았지만 어딘가 저기 근처에 한강이 있겠군 하고 생각하는 것만도 좋았다. 다른 사람의 집에 가면 졸리고 느긋해졌다. 등 뒤로 강주가 뭔가를 털고 개고 재빠르게 움직이는 소리가 들렸다.

신촌에서 버스를 타고 돌아온 나는 훈련원 공원을 지

나 친구의 사무실로 향했다. 낮에 강주와 나란히 서서 본 것들을 떠올렸다. 공사는 계속될 것이고 공사가 끝나면 공병단은 사라지고 새로운 무언가가 들어서겠고 저기에 근무하던 미국인들은 저곳을 기억하려나. 을지로에 출근하는 미군들은 어디서 살았을까 용산처럼 부대 안에 집이 있었을까 그 정도로 넓어 보이지는 않았다는 생각 모든 것을 보려면 높은 곳에 올라가야 할 것 같지만 높은 곳에서는 아무 실감도 나지 않을 것도 같았는데. 볕이 좋아서였는지 강주 친구 방에는 들어가지 않고 줄곧 옥상에서 우리는 김밥을 먹고 토마토를 먹고 결국에는 치킨까지 시켜서 맥주를 마셨다. 가끔 건물 아래를 내려다보았는데 그리 높지는 않았지만 내려다보는 것은 앞을 보는 것과는 다른 기분이었다.

사무실에서 짐을 챙겨 집으로 돌아가니 당직을 마친 장우는 자고 있었다. 잠이 든 사람들은 모두 조금 아기 같다고 생각하면서 가슴에 포개고 있는 두 손에 머리를 기댔다. 어어 하며 깨어나 왔어 하고 말하고 금세 다시 잠이 든다. 요즘은 한겨울처럼 춥지는 않은 것 같다. 오늘 강주와 걸으면서도 여러 번 반복했던 이야기. 이제 아주 춥지는 않네요. 하지만 겨울은 구석구석에 꾸준히 남아 있다. 이전에 읽던 책에서 한국전쟁 당시 미공군은 공중에서 북한군을 파악하기 어려워서 다른 곳보다 조금 더 큰 건물을 목표로 폭격을 가했고 그게 대개는 교회였다고. 당시 평양은 지금은 상상할 수 없지만 기독교를 빠르게 받아들인 곳이었고 신자들은 미국인들이 교회를 폭격할 리가 없다고 생각했지만 그렇지 않았다. 무차별 폭격은 남한 곳곳에서도 진행되었는데 당시를 설명하는 기록에는 흰옷이 여러 번 등장한다. 평양의 신자들이 교회는 안전할 것이라 믿었던 것처럼 남한의 사람들은 흰옷을 입고 흰 수건을 흔들면 인민군이 아니라 평범한 사람으로 여겨질 것이라 생각했지만 그렇지 않았다.*

비를 피할 수 없는 것처럼 공중에서 떨어지는 폭격을 피할 수는 없을 것 같다. 그게 1950년대라는데 원래 국민학교였던 곳이 미군 설비를 담당하는 공병단이 되고 학교를 다니던 아이들은 그에 어떤 느낌을 느낄 새도 없을 것 같지만 정말로 아무것도 느끼지 않았을까. 그렇지 않았을 것이다.

병원에서 일을 하는 장우는 내가 아침에 나가고 나서

들어온 것 같다. 병원에서는 매일매일 모든 일이 일어난다고 했다. 하루도 조용하지 않다고 했는데 왜 주먹을 꼭 쥐고 가슴에 손을 모으고 자는 걸까? 북 치는 인형 같은데. 나는 다시 가슴에 머리를 기대고 모든 일이 일어나는 곳에서 그래도 알아서 집까지 찾아오고 기특하다 생각했다. 잠이 깨면 곧 사라지는 무방비함을 눈을 감은 채 느꼈다. 잠이 깨면 일어나 어른 같은 얼굴을 하고 말을 하겠지. 그래서 죽은 사람들은 꿈으로만 찾아오는 것이다.

잠이 깬 장우와 저녁을 먹고 아파트 주변을 걸었다. 나란히 걸으며 팔이 몇 번 가볍게 부딪혔는데 이렇게 서 있는 두 사람이 팔을 붙인 채 조금씩 서로에게 기대는 것은 전혀 일상적이지 않다. 머릿속에서 생각한 것과 달랐다. 놀이터에 개나리가 피어 있었다.

다음 주에는 왜인지 이런저런 일로 바빠 워크숍에 빠졌다. 그 다음 주에 문을 열고 들어가자 먼저 와 있던 강주가 보자마자 왜 안 왔어요! 하고 물었다. 강주는 워크숍이 열리지 않은 때에도 종종 와서 연습을 해 보았다고 했다. 무슨 연습을 했냐고 묻자,

팔을 이렇게 뻗는 건데요. 양팔을 천천히 멀리 뻗는 건데 체조처럼 직선으로 한 번에 하는 게 아니라 구부러진 게 느슨한 느낌으로 서서히 펴지는 느낌으로 펴는 거예요. 양팔을 동시에 하면 잘 안 돼서 한 쪽씩 조금씩 해 보고 있어요.

강주는 그걸 혼자서 하기도 하고 함께 워크숍을 듣는 다른 사람과도 해 보고 진행을 맡은 연구회 사람과도 해 보았다고 했다. 그러고 보니 강주는 첫 시간에 자신의 발이 빠르다는 이야기를 하면서 팔을 이렇게 뻗었던 것 같다. 왜 발이 빠르다는 말을 하면서 팔을 움직인 것이지 그제야 그게 의아했는데 그걸 볼 당시에는 전혀 이상하지 않았다. 천천히 움직여서일까 이 사람이 이야기를 하는 속도로 팔이 뻗어 나가는 것 같다고 생각했다. 뻗어 나간 강주의 팔은 다시 원래 제자리로 돌아와 그게 제자리인지는 모르겠지만 어깨에 이어져 달려 있다. 평범한 팔처럼. 나는 강주의 팔에 팔을 붙여 보았다.

워크숍이 끝나고 갑자기 배가 고파진 우리는 빵 대신 쌈밥집에 가서 쌈밥과 제육볶음을 먹었다. 조금 늦은 점심을 배부르게 먹고 커피를 손에 들고 사람이 부쩍 느는 것 같은 훈련원 공원에 갔다. 스케이트보드의 바퀴 소리가 예고처럼 다가왔다가 멀어져 갔고 다시 다가오며 교차했다. 지난 번 왔을 때와 다르게 공병단 부지 주변으로 높은 가림막이 설치되어 있었다. 가림막에 가려 아무것도 보이지 않았다. 나와 강주는 미리 정한 것처럼 바로 옆 상가로 향했다. 상가 4층에 도착했을 때에야 걸음을 멈추고 나란히 섰다. 이전에 보았던 막사 같은 낮은 건물들은 사라지고 없었고 공사용으로 보이는 평범한 회색 컨테이너가 두 개 있었다. 다져진 바닥에 몇 군데는 푸른 비닐이 덮여 있었고 수도 시설이 남은 것인지 관 몇 개가 드러나 있었고 비가 왔는지 물이 고여 있었다. 이렇게 아무것도 없는 넓은 빈 곳을 서울에서 처음으로 본 것 같다. 서울의 모든 공사가 늘 예상보다 빠르게 진행되는 것처럼 공병단 공사도 벌써 이만큼 진행되고 있었다. 서울을 만들고 부수고 세우고 다시 만드는 것은 아주 옛날 사람들의 이야기 같아 알 수가 없는데 그럼에도 가끔 내가 볼 수 있는 것들이 아주 없지는 않은 것 같다. 높은 건물들이 눈에 들어오고 아무것도 없는 공병단 부지를 초고

층 건물들이 둘러싸고 있었다. 마치 지금이라는 것이 현대라는 것이 낮고 볼품없는 1950년대를 굽어 살피는 것처럼도 보였는데 왜인지 1950년대는 질기고 힘이 세서 내키기만 하면 아무렇지 않게 팔을 뻗어 지금을 현재를 목 조를 수도 있을 것 같았다. 강주는 가림막과 등을 맞대고 있는 오래된 식당의 원형 에어간판을 가리키며 저기 맛있다고 말했다. 공병단 부지 인근에는 오래전부터 몇 개의 식당이 나란히 등을 맞대고 있었는데 공병단이 어떤 곳인지는 다른 누구보다 식당 주인들이 더 잘 알 것 같다고 생각했다.

올라갈 때처럼 조용히 상가를 빠져나와 정해진 것처럼 우리는 국립의료원을 향해 걸었다. 강주는 서두르지 않고 여유 있게 걸음을 옮겼는데 어느새 고개를 들면 멀리 앞서 있었다. 정말 발이 빠른 사람이라는 생각이 들어 웃음이 나면서도 나는 나를 잘 모르는 것 같지만 늘 나를 가장 정확하게 아는 사람은 나일 수밖에 없다고 생각했다. 아마 강주는 발이 빠른 자신을 매 순간 느끼며 살고 있을 것이다.

국립의료원 안 스칸디나비아 기념관은 붉은 벽돌 건

물에 담쟁이덩굴로 벽과 지붕이 뒤덮여 있었다. 지금은 죽은 나무이지만 봄이 되면 벽과 지붕이 녹색으로 환해질 것이다. 기념관에서 노르웨이 덴마크 스웨덴 스칸디나비아 3국은 전투병 파병 대신 의료인들을 보냈고 휴전 후 돌아가려는 의료진에 한국 정부는 남아 주기를 부탁했다는 설명을 읽었다. 1950년대에 이 부근을 걸으면 키가 큰 외국인들을 많이 마주쳤을 것 같았는데 의외로 두 건물이 마주 보는 지금 이 길에는 언제나 사람이 적었다. 이제 공병단 공사가 끝나면 늘 조금 스산한 느낌을 주던 이 길도 완전히 바뀌겠지 생각하다가. 서울에서는 늘 모든 것이 원래 없었던 것처럼 사라지고 부서지지만 그러다가도 누군가 뒤에서 아무렇지 않게 머리채를 잡아당기며 잘난 척하지 말라고 정신 똑바로 차리고 살라고 말하는 것 같아. 눈앞의 흰옷 입은 사람들 1958년 개원식에 참석한 수십 명의 흰옷 입은 북유럽 간호사들은 환한 웃음을 띠고 있고 실제로 이런 웃음을 마주한다면 나는 정말 도움이 필요한 극동의 어린이가 될 것 같기도 한데. 전시된 설명과 사진을 하나하나 살펴보자 의외로 시간이 많이 걸렸다. 이제야 강주와 나는 점심에 먹은 것들이 소화가 된 것 같다고 이제 아까처럼 배 안 부르지 않아요? 말하고 이제는 사라진 뷔페식 레스토랑인 스칸디나비아 클럽 사진을 보며 강주는 이전에 친구가 아주 어릴 때 여기에 갔다는 이야기를 했다고 말한다.

헤어지기 전 강주는 다음 달까지만 카페에서 일하고 대전으로 이사를 간다고 했다. 대전의 한 문화재단에서 일을 하게 되었다고 했는데 그 말을 듣자마자 대전을 성큼성큼 걷는 강주의 모습이 그려졌다. 그런데 대전은 잘 모르기 때문에 그 모습은 어쩌면 그저 아무 길이나 성큼성큼 걷는 강주일지도 모르겠다.

놀러 가도 돼요?
그럼요. 근데 저도 잘 모르니까 좀 지나서 와요.

겨울이 지나고 봄이 다가오는 시기라서 그런가. 나는 강주가 대전에 가는 것이 마치 고등학교를 졸업하고 다른 지역으로 대학을 가는 것처럼 그 순간 잠깐 그렇게 여겨졌다. 우리는 응-응 안녕-안녕 하고 똑같은 말을 주고받다가 살짝 껴안고 손을 흔들었다. 강주는 중부시장 쪽으로 향하고 성큼성큼 걷는 강주는 금세 사라져 갔다. 그리고 봄이 오면 나는 대전에서 강주를 만나게 되고 강주는 내게 등을 보이며 또 다시 익숙하게 몇 개의 비밀번호를 누르며 문을 열게 된다는 것까지 그때는 알 수 없었지만. 스칸디나비아 클럽이 문을 닫기 전에도 나는 서울에 있었는데 그때는 그런 것은 들어 본 적도 없었다. 하지만 왜인지 거기에 앉아 있는 나는 상상할 수 있었다. 그런 생각을 하자 가져 본 적 없는 그러나 가져 본 적이 없어서 영원히 지속시킬 수 있는 건조한 산뜻함이 추위처럼 내게 머물렀다. 나는 그런 막연한 낙관과 그것을 돋보이게 할 약간의 슬픔 속에서 청어 요리를 먹고 커피를 마실 텐데 그런 때의 나는 공병단 옆 오래된 상가 같은 높은 곳에 올라가 무언가를 보려고 하진 않을 것 같다.

걷고 걸어도 서울이 어떤 곳인지 모르는 기분이 들지만 가끔 누군가와 함께 걸을 때면 구석구석 접힌 서울을 청소기로 밀며 나아가는 것 같다. 어떨 때 아주 좋은 날씨에는 손을 펼쳐 가만히 손바닥을 보고 있으면 서울에서의 시간은 순간은 영원할 것 같은데. 햇빛이 비치고 어떨 때 그러나 그것이. 속으로 말하는 내 목소리를 낚아

채며 서울은 정말로? 정말로 그래? 웃으며 묻고 나는 바로 대답을 할 수는 없지만 나에게도 할 말이 있다는 것을 확인하기 위해 걸으며 뭔가를 말해 보려고 한다. 그날 저녁에는 사무실로 돌아가 친구와 근처 식당에서 돌솥비빔밥을 사 먹었다. 밥을 먹고 나오자 식당 앞에 웅크리고 있는 검은 고양이가 보였다. 우와 고양이야. 진짜. 맨날 고양이인 줄 알고 다가가면 검정 비닐 봉지여서 당황했는데. 이번엔 진짜 고양이인걸. 나와 친구는 고양이를 보다가 사무실로 돌아왔다.

* 218쪽 * 부분은 김태우, 『폭격—미공군의 공중폭격 기록으로 읽는 한국전쟁』, 329쪽(창비, 2013)을 참고하였다. 그 외 국립중앙의료원 관련 내용은 국립중앙의료원 홈페이지(www.nmc.or.kr)와 서울기록원(https://archives.seoul.go.kr/)을, 중부시장 관련 내용도 서울기록원을 참고하였다.

투움으스

이건 강주가 움직임 연구회에 다닐 때의 이야기이다. 작년 이맘때 강주는 움직임 연구회에서 진행하는 움직임 워크숍을 8주간 들었다. 움직임 연구회는 움직임 연구회 중부지구라는 간판을 달고 있었다. 그러니까 서울에 이런 곳이 몇 군데 더 있을 것이다 아마도. 움직임 연구회는 중부시장 근처라고 해야 할까. 중부시장 안에 있다고 해도 될 것 같다. 강주가 워크숍에 좀 더 다녔다면 움직임 연구회가 말하는 개개인의 움직임을 이해한다는 것이 무슨 뜻인지 이곳 사람들이 하려는 것이 정확히 어떤 것인지 조금 더 깊이 이해할 수 있었겠지만 두어 달

참가한 것으로는 대략적인 분위기만 읽을 수 있을까 말까 한 정도였다.

워크숍 첫 시간에는 각자 자기소개를 했다. 워크숍에 처음 참가한 사람들이 절반쯤 되었고 이전에 워크숍에 참가했던 사람들이나 기존 연구회 멤버들이 절반쯤 되었다. 진행자는 이야기를 하다가 평소 자신의 움직임을 보여 줄 수 있으면 보여 달라고 했다. 사람들은 어색해하면서도 걷거나 앉아서 뭔가를 하는 모습을 보여 주었고 그 옆으로 연구회 멤버들이 천천히 다가가 그 사람의 움직임과 연결된 보다 크고 분명한 움직임을 보여 주었다. 그날 강주 옆으로는 보훈이 다가와 천천히 팔을 붙이고 팔을 천천히 흐르게 하였다. 그날 보훈과 함께 움직였을 때 편안함과 부드러움을 느꼈고 보훈과 만든 이 움직임 경험은 오래도록 강주에게 남아 이를 반복하고 또 반복하게 하였다. 애리는 첫날에는 참석하지 않았고 두 번째 시간부터 나왔는데 두 번째 시간에 애리와 강주는 움직임 파트너가 되었다. 움직임 연구회에서 만나게 된 애리와 강주는 그렇게 한동안 자주 만나고 함께 어울렸다.

첫날은 왜 안 나오셨어요?

첫날에는 뭐든 별거 안 하잖아요. (애리 웃음)

그렇기는 해요. (강주 웃음)

두 사람은 두 번째 시간에 함께 파트너가 되어 서로의 호흡을 지켜보며 어떻게 숨을 들이마시고 내쉬는지 서로에게 알려 주었다. 강주는 그 시기 저녁 10시에 동대문 상가 안 카페에 출근해서 동대문 여기저기에 커피를 배달한 뒤 아침에 퇴근하였다. 일주일에 5일을 그렇게 근무했고 수요일 오전에는 움직임 워크숍에 참가했다. 워크숍에 참가하지 않을 때는 걸어서 근처를 걷다 지하철을 타고 집으로 돌아가 집안일을 하다 잠이 들었다. 워크숍은 즐거웠지만 일을 하다 와서인지 늘 조금 졸리고 피곤했다. 애리는 무릎 꿇고 앉아 강주가 숨을 크게 들이쉬고 잠깐 멈췄다가 다시 내쉬는 것을 보고 강주는 어느새 잠이 들 듯 말 듯 반걸음 더 가면 잠이 들어 버리는 곳으로 향해 가고…… 애리는 고개를 돌려 주변에 조용히 하라는 듯이 손가락을 입에 가져간다.

강주는 퇴근하면 지하철을 타고 집으로 돌아갔지만 어떨 때는 그 주변을 한참 걷다가 벤치에 앉아 커피를 마시거나 벤치에 누워 있거나 할 일 없이 가다 보이는 동대문 상가에 들어가 이곳은 왠지 유난히 조용하다고 생각하다가 화장실에 들어가 창을 통해 밖을 내다보거나 했다. 워크숍 두 번째 시간 후에는 애리와 함께 근처를 걸었다. 애리와 강주는 우즈베키스탄 빵집에서 치즈가 든 빵과 커피를 사서 공원에 앉았다. 빵은 크고 둥글고 마치 쿠션같이 안으면 안심이 되고 한참을 먹어도 절반도 다 먹지 못해 나중에는 무릎 위에 두었다. 햇빛이 반짝이고 공원은 둥글고 공원 안에는 스케이드보드용으로 놓인 여러 곡선으로 된 조형물 몇 개가 있었다. 커피를 마시며 모든 것을 바라보았다. 보더들이 곡선을 그리며 지나가고 넘어지고 이런 소리는 한참을 들을 수 있을 것 같아. 그런 생각을 하며 여전히 덩어리로 남은 빵의 무게를 잠깐 의식했고.

애리는 작고 마른 체형에 긴 머리를 양쪽으로 묶고 있었고 팔다리는 유난히 길고 눈이 먼저 웃는 흰 얼굴에 덧니까지 있어서 강주는 보자마자 만화에서 튀어나온 것 같다고 생각했는데 막상 함께 손바닥을 맞대고 힘을 줘 보거나 탄력 있는 끈을 잡고 당기거나 하면 힘이 세서 신기했다. 벤치에 앉아 있는 자세도 꼿꼿했다. 흐트러짐 없이 앉아 있던 애리는 저 근데 보드도 꽤 타요 말하더니 주머니에서 휴대폰을 꺼내 영상 몇 개를 보여 주었다. 영상 속 애리는 방금 회색 비니를 쓴 남자애가 계속 넘어지던 조형물 위를 가볍게 타서 내려가고 있었다. 강주는 화면을 보다 애리를 보다 눈앞의 유유히 흘러가는 움직임들을 보다가 애리를 보다가 애리는 역시나 눈으로 생글거리고 있었다.

아 그래서 이전에 여기 와 봤다고 했었던 거구나.
네. 한참 탈 때는 뭐 맨날 왔어요.

그날 공원에서 보드를 타는 사람은 다섯 명이었는데 모두 비니를 쓰고 있었고 모두 반스를 신고 있었다. 두 사람은 카고 팬츠였고 나머지는 면바지였다. 세 사람은 외국인으로 보였는데 다섯 명 모두 이곳에 익숙해 보였다. 약속도 하지 않고 매일 이곳에 와서 만나고 움직이고 구르고 부딪히는 사람들 같았다. 보드는 운동이라고 해야 할까 놀이일까 움직임 워크숍을 듣고 있어서인지 강주는 더 고민하지 않고 이걸 움직임이라고 치기로 했다. 너무 세상 모든 것이 움직임 같지만 아무튼. 이걸 움직임으로 보기로 해서 그렇게 보이는 것인지 모르겠지만 스케이트보드는 왠지 조금 평등한 움직임처럼 느껴졌다. 누군가 월등히 잘하는 사람이 나타나면 이곳의 흐름이 다르게 보일지도 모르겠고 다섯 사람 중 꼽자면 누가 제일 잘 타고 누가 제일 못 타고를 꼽을 수야 있겠지만 신기하게 잘하고 못하고를 굳이 구분하게 되는 움직임은 아니었다. 그게 보드라는 움직임의 특징일까. 그 생각을 입 밖에 낸 건 아닌데 애리도 그런 말을 했다. 보드는 못하는 사람도 못한다는 생각이 막 들지 않아서 좋아요. 그런 게 먼저 보이는 운동이 아니라서 저는 좋아해요. 물론 뛰어나게 잘하는 사람은 다르지만요.

달라요?
완전히. 완전히 달라요. 근데 그건 어떤 것이든 그래요.

애리는 궁금하면 나중에 자기가 보드를 가지고 오겠다고 말했다. 강주는 좀 더 다른 사람들이 타는 것을 보다가 부탁하겠다고 말했다. 나란히 한참 구경하다가 애리는 다음에 보드 이야기를 더 해 주겠다고 하고 돌아갔다. 강주는 여전히 쿠션 같은 빵을 안은 채 누워서 바퀴가 바닥을 부드럽게 지나는 소리 부드럽게 지나다가 넘어지는 소리 보드가 바닥에 부딪치는 소리를 들었다. 나는 이 소리를 계속 들을 수 있어. 계속 듣는 것은 계속 보는 것보다 힘들지 몰라. 그럴까? 둘 다 힘든 일이겠지만 계속 듣는 것은 생각보다 힘이 드는 일일 거야. 그러나 그날은 바퀴가 바닥을 지나가는 소리를 이후에 언제라도 다시 불러낼 수 있을 정도로 그러니까 그 소리를 외울 정도로 오래 듣다 공원을 나섰다. 공원 옆에는 국립의료원과 공사 중인 미극동공병단이 마주 보고 있었다. 공병단 가림막 너머로 갈색 지붕에 노란 벽으로 된 낮은 막사 여러 개가 똑같은 간격으로 서 있었다. 공병단 부지는 한국전쟁 발발 직후 이승만 정부가 미군에 내어 준 공간이었고 맞은편 국립의료원은 1958년 스웨덴 덴마크 노르웨이 스칸디나비아 3국의 지원으로 시작된 곳이었다. 강주는 두 건물이 마주한 길을 지날 때면 1950년대라는 것이 자신을 끌어당기는 느낌을 받고 끌어당기는 것이 아니라 팽팽한 줄로 낚아채는 것에 가깝고 그런데 끌려가며 뒤돌아보아도 자신을 당기는 것이 뭔지 지켜보고 또 지켜보아도 알 수 없고 반복하고 또 해서 이 생경함이 아무것도 아니게 되어야 그게 뭔지 알 수 있을지. 그러나 그 전에 미극동공병단 부지 공사는 아무렇지 않게 시작되어 끝이 날 것이다. 그러면 이제 1950년대는 어디로 가게 되는 건지?

그런데 한국 안에 있더라도 미군 기지는 주소지가 한국이 아니라던데 그 이야기를 어디서 들었더라…… 강주는 그런 생각을 하며 미군 기지 건물을 지나 아마도 서울시 중구 을지로6가일 거리를 걸었다.

다음 시간이었나 그다음 시간이었나 워크숍이 끝난 후 커피를 마시다 애리가 보여 준 것은 보드를 타는 머리 긴 남자였다. 알렉스라고 했는데 보드를 타다 만났다고 열여덟 살이었고 엄마랑 같이 살고 엄마는 이 근처에서 가게를 한다고 했다. 둘이 함께 다니며 이상한 취급을 많이 받았는데 그도 그럴 것이 애리는 서른이 넘었고 그때도 지금도 일정한 직업이 없었고 그게 문제가 아니라 알렉스는 열여덟이었고 학교에 다니지 않았다. 두 사람은 여러 일을 겪고 이제는 친구가 되었다. 친구라고 해도 한동안 못 봐서 사실 지금은 무얼 하는지 모르겠다고. 그때 애리는 알렉스의 엄마와 함께 퇴근해서 근처에서 늘 술을 마셨다고 했다. 보통 맥주랑 치킨을 먹었고 알렉스 엄마는 이름이 영아인데 나랑 영아 씨랑 이야기를 계속하고 알렉스는 늘 듣고 있다가 나를 데려다주고 집에 가고 집에 가서는 동생들을 돌봤어요.

강주는 그래서 알렉스가 보드를 엄청나게 잘 탄다는 식으로 이야기가 흘러가는 건가 잠깐 생각하다가 이 이야기는 뭐지? 아 이건 그런 식으로 흘러가는 이야기가 아니야 하고 어느 순간 불현듯 알아차리게 된다. 이건 이렇게 저렇게 흘러가는 이야기가 아니고 그런저런 이야기도 아니고 그냥 애리의 말 애리가 하는 말이었고 애리의 입에서 나오는 말을 바퀴처럼 부드럽게 구르다 넘어지다가 다시 보드를 주워 들고 움직이는 말을 그 말을 그대로 들으세요. 강주는 그렇게 마음을 먹고 애리가 하는 말로 향하기 위해 한참을 헤매다 어느 지점부턴가 가까스로 그곳에 다다르게 되었다.

모르겠어요 저는 늘 제가 알던 사람 중에 알렉스가 가장 어른이었다고 말해요. 실제로 그랬고. 알렉스는 늘 침착하고 화를 내지 않았거든요. 다른 사람의 이야기를 잘 들어요. 다른 사람의 이야기를 들으며 그걸 잘 받아 내고 있었어요. 늘 듣는다는 것이 얼마나 하기 어려운 결단인지 나는 알렉스를 생각하면 놀라게 돼요. 알렉스가 늘 듣고 있었다는 거요. 다른 사람의 이야기를 떠맡았다는 거요.

몇 번 안 만나 봤지만 애리는 함께 있을 때도 웃거나 짧게 대답하는 게 다였고 그보다는 움직임이 두드러지는 사람이었는데 고전무용을 오래 했다고 했고 이런저런 춤과 운동을 계속 배웠다고 들었고 그 이야기를 듣지 않았더라도 서 있는 모습만 봐도 이 사람이 남들과 다른 움직임을 가졌다는 사실을 알 수 있게 서 있었다. 애리는 매번 바르게 서 있는 움직임을 했다. 애리의 이야기를 듣다가 강주는 문득 이 사람도 마음을 먹으면 길게 이야기를 하는구나 생각하다가 팔을 천천히 아주 조금씩 옆으로 뻗었다. 워크숍 첫 시간에 보훈은 자연스럽게 강주의 등 뒤로 다가가 부드럽게 팔을 옆으로 뻗었다. 애리는 강주의 뻗은 팔 위로 천천히 자신의 팔을 포개다가 강주의 손등에 손을 겹쳤다. 힘을 줘서 깍지를 꼈고 애리는 아플 정도로 힘을 주어 한참을 그렇게 강주의 손에 깍지를 끼고 있다가 손을 풀었다.

잘 듣는다는 거요. 그 사람은 어떻게 잘 듣는 거예요? 고개를 끄덕이면서?

끄덕이기도 하고. (애리 웃음) 모르겠다. 모르겠어요. 설명이 잘 안 되는 것 같아요. 다른 사람들은 그렇게 듣지 않기 때문에 그렇게 듣는 것이 어떤 것인지 설명하기가 어려워요. 잘 듣고 잘 들으면서 필요할 때 그 사람을 바라보고 그리고 계속 듣는 거 같아요. 아니 아니다. 잘 모르겠어요.

그러고 나서 강주와 애리는 스케이트보드 영상을 한참 보다가 헤어졌다. 강주는 알렉스의 엄마인 영아라는 사람이 어쩌면 애리와 비슷한 또래일 수도 있겠다는 생각을 하다 말았다. 아닐 수도 있겠지만 또 그럴지도 모르겠다 생각하다가 도무지 상상할 수 없는 것들 1950년대의 서울을 상상해 보지만 상상할 수 없었고 그러나 왜 상상을 해야 할까. 1950년대에 만들어진 것들이 이렇게 눈앞에 있고 그것이 떠나고 바뀌고 무언가 들어갔다 나오는 것이 이렇게 눈앞에 있는데 이것이 이 눈앞의 것이 그대로 1950년대의 것이라고 믿어 버릴 수는 없는 것인가. 잘 듣기 위해 애리를 따라가고 애리를 바라보다가 알렉스라는 본 적 없는 사람의 존재를 그대로 믿어 버린다. 그렇게 곧이곧대로 해 보면 어떨지. 곧이곧대로라는 것이 절대로 쉽지 않으니까 한번 해 보면? 그러면? 그러다가 문득 화면 속 알렉스가 애리가 말하기 전에는 열여덟 살로 보이지는 않았던 것이 떠올랐고 그렇다면 처음 느낌으로는 몇 살로 보였을까 기억을 더듬어 보았지만 희미하다. 외국인 같았지만 어느 나라 사람인지는 모르겠고 나이는 스물다섯 정도로 생각했나. 그러고 보면 애리도 서른이 넘은 것으로 보이지는 않는다. 그러나 본 적도 없는 영아 씨만은 왜인지 생생하게 머릿속에서 떠올랐다. 애리와 크게 나이 차이가 나지 않지만 애리보다 열

몇 살쯤 많아 보이는 노란색 염색을 하고 눈썹 문신을 한 가슴이 크고 자신을 꿰뚫어 볼 것 같은 눈빛의 사람을 이미 알고 있는 것처럼 여기면서 강주는 그 사람을 조금씩 좋아하게 되었다.

일할 때 시간은 잘 갔다. 강주는 몇 개월 전까지 천안의 문화 재단에서 5년 넘게 일을 하다 퇴직을 하고 서울로 돌아온 참이었다. 그간 이런저런 일들을 해 보았고 어려운 일도 있었고 그럭저럭 할 만한 일들도 많았지만 어쨌거나 사무실 안에서 일을 할 때는 시간이 안 간다고 느낄 때가 많았는데 상가에서 일을 하면서부터는 시간이 정말 무서울 정도로 잘 갔고 어느새 아침이 되었구나 하고 거의 매번 새삼스럽게 놀랐다. 강주는 발을 빠르게 움직여 상가 안을 오가며 배달을 했고 어쩌다 사장이 배달을 나가거나 잠시 자리를 비울 때는 서서 주문을 받고 결제를 하고 음료를 만들었다. 시간이 잘 간다는 것이 정해진 것을 한다는 것이 좋았고 그러다가 요즘은 상가 안에서 머리를 묶은 남자를 볼 때면 아 알렉스인가 별 이유도 없이 그런 생각을 잠깐 했다. 세상에 그런 사람이 있다고 해. 강주는 종종 어딘가에 잘 듣는 사람이 있다는 것을 떠올리면 지금은 아니라도 언젠가 무언가를 말할 수 있다는 생각에 닥쳐오지도 않은 고난을 맞이할 수 있을 것 같은 기분이 들었다. 강주는 고난을 등에 인 채 자신의 이야기를 들을 사람을 향해 한 발씩 머나먼 곳으로 걸음을 옮기는 자신의 모습을 그려 보았다. 그건 축복인가요 고통인가요 강주는 둘 다 아니고 책임 아닌가 생각했다. 제대로 듣는 사람을 마주하기 위한 책임 같은 것을 왠지 져 보고 싶다는 생각. 그러다 팔을 뻗어 보기도 하고 팔을 뻗다가 문득 그런데 정작 자신은 애리의 이야기를 듣는 것이 힘들었다는 생각을 하고 그럴 때면 걸음을 멈추고 내가 지금 어디에 있는 거지 생각하다가 다시 손에 든 영수증을 확인하고 길을 잘못 들었음을 알아차리고 가야 할 곳으로 되돌아갔다. 애리가 다른 이야기를 했다면 듣는 것이 조금은 더 수월했을까 글쎄 모르겠지만 아마 아닐 것 같아.

자주 생각한다고 해도 알렉스가 어떤 사람인지는 당연히 알 수 없었다. 아니 조금 익숙해진 듯한 느낌도 들긴 했지만 그래도 역시 알 수 없는 사람이었다. 그러나 애리의 말처럼 누구도 그 사람처럼 듣지 않는다는 말을 생각하면 강주 역시 그 사람이 누구와도 다른 사람 그러니까 어디에도 없는 잘 듣는 사람으로 살아가고 있다고 생각할 수밖에 없었다. 그렇게 믿다 보면 알렉스라는 이름은 잘 듣는다는 움직임에 붙어서 그 사람이 어떤 사람인지는 점점 사라져 갔다. 그런 식으로 강주는 잘 듣는다는 것 그리고 팔을 천천히 뻗기 그 두 개를 자신에게 던지고 받으며 배달을 했다. 그러는 동안 시간은 흘러갔다. 그 속도가 빠르다고 강주는 늘 새삼스럽게 느꼈다.

애리는 한동안 워크숍에 나오지 않았고 강주는 변함없이 아침에 퇴근하여 공원에서 커피를 마시고 커피를 다 마시면 공사 중인 공병단 부지와 사람들이 오가는 국립중앙의료원을 지나 걷다가 지하철역으로 향했다. 이른 아침에는 보드를 타는 사람들이 드물었는데 어쩌다 보드를 타는 사람들이 있으면 구경을 하다 바퀴가 구르는 소리를 듣고 바퀴가 구르며 다가오다 멀어지는 소리와 지하철이 지나는 소리가 겹쳐지다 각자 갈 곳으로 나아가는 소리를 따라갔다. 소리들은 울리다 퍼져 나갔다.

어느 이른 아침에는 긴 머리를 묶은 채 혼자 조용히 타고 있는 보더를 보았는데 이전에 애리가 보여 주었던 얼굴이 어떤 얼굴이었는지 이미 희미했고 그 사람이 누군지 알 수 없었지만 강주는 알렉스라고 생각하였다. 너는 알렉스에게 무슨 이야기를 하고 싶어? 마치 그를 거의 신부님처럼 여겨 온 듯 스스로에게 묻다가 강주는 일어섰다. 일어나서 알렉스 불러 보았는데 목소리는 구르는 바퀴 소리와 함께 사라졌다.

강주는 워크샵이 있던 날도 아닌데 그날은 바로 집으로 가지 않고 연구회로 가 천천히 이전에 배웠던 것을 반복해 보았다.

저는 이걸 아무래도 다시 해야겠어요.

강주는 문을 열고 들어온 보훈에게 기다렸다는 듯이 팔을 다시 움직여 보고 싶다고 말하고 보훈은 일단 일어서 보라고 말한다. 일어선 강주 뒤로 보훈은 등을 맞대고 천천히 팔을 뻗는다. 이것을 반복해도 처음 같지 않지만 지금은 지금대로 다른 흐름으로 움직이고 있었다. 보훈은 강주에게 들으며 움직이라는 것처럼 천천히 깊게 숨을 들이마시고 내쉬고 강주는 그것을 따르며 팔을 뻗어 나가다 잠시 들리던 숨소리를 놓치고 하지만 숨 쉬고 팔을 움직이고 모든 것이 잘 흘러가는 순간들이 이곳에 잠시 머물다 간다. 어느 순간 강주는 자신이 방금 전까지 머물던 곳에 다른 누가 팔을 천천히 움직이며 지나가고 있음을 알아차린다. 나는 여기서 아까와 다른 것을 해 보고 또 해 봐야 하는데. 강주는 거기 있는 사람이 질투가 났지만 자 다시 깊게 숨을 들이마시고 마주한 두 팔을 따르며 천천히 뻗어 나가세요…… 그리고 그 말을 따라 천천히 움직였다.

다음에 할 때는 다르게 느껴지실 거예요.
지금도 달랐어요.
그렇죠?
그대로 다시 하고 싶어요.

보훈은 그건 안 된다고 했다. 강주 역시 다시 하고 싶다고 말을 하면서도 저도 안 되는 것 알아요 라고 이미 얼굴로 말하고 있었다. 강주와 보훈은 연구회를 나와 시장 근처에서 칼국수를 먹었다. 보훈은 형이 근처에서 가게를 하고 있어서 얼마 전까지 형을 도와 일했다고 말했다. 원래는 춤에 관심이 많았는데 요즘은 재활이나 치료에 더 관심이 많아서 혼자서 공부를 하고 있다고 했다. 팔을 흐르게 할 때의 보훈과 칼국수를 먹는 보훈은 다른 사람 같지 않고 같은 하나의 사람으로 움직이고 있었고 강주는 보훈과 함께 잠시 머물던 모든 것이 잘 흘러갔던 순간의 자신에게 말을 걸었다. 나는 천천히 다시 팔을 뻗어 볼 것이고 그것을 여러 번 반복하고 그러면 너는 언제 자리에서 일어나고 밥은 어디로 먹으러 가게 될까.

보훈은 언젠가 시간이 지나서 워크숍에서 움직였던 것들 오늘 팔을 뻗었던 것들이 기억이 날 때가 있을 것이라고 했다. 아마 당장은 실감하지 못할 거지만요. 강주는 어렴풋하게 그 말을 이해했다. 사실 확실히 이해하고 있다고 생각하지만 아직 앞으로의 시간은 강주에게 들이닥치지 않았으며 앞으로는 앞으로도 거듭되며 변형될 것이므로. 그저 기다려 보겠다고 생각한다. 보훈과 시장 입구에서 헤어져 손을 흔들고 공원을 향해 걸었다. 아침에 봤던 머리 긴 보더는 보이지 않았고 공원 안에 있는 체육관으로 베드민턴 채를 든 사람들이 들어갔다. 아직 봄은 오지 않았지만 이제 한겨울처럼 춥지 않았고 강주는 더 오래 여기에 이렇게 앉아 있을 수 있다. 강주는 이곳에 앉아 바퀴가 구르는 소리를 듣다가 극동공병단 부지를 포클레인이 파내는 것을 볼 것이다. 그러면 1950년대가 사라지고 어떤 시간은 꿀꺽 삼켜져 버린다는 것을 목격할 수 있을지도 모르겠다.

애리가 다시 워크숍에 나온 것은 마지막 시간이었다. 개인적인 일로 조금 바빴고 바쁜 일이 끝나고는 몸살이 나 며칠 앓았다고 했다. 강주는 앞에 선 애리의 어깨에 손을 얹고 순간 가까워진 듯하지만 문을 열고 나가면 애리는 왠지 곧 사라질 사람 같다고 느낀다. 워크숍에 참석한 사람들은 첫 시간에 했던 것처럼 둥글게 서서 첫날 했던 자기소개를 다시 해 본 뒤 간단한 감상을 이야기하였다. 강주는 애리에게 팔을 뻗는 일을 도와달라고 말했다. 강주는 몇 주 전처럼 이름을 이야기하고 평소 스스로의 움직임을 어색하게 느낄 때가 종종 있었는데 우연히 간판을 보고 이곳에 오게 되었다고 말한다.

첫 시간에 팔을 천천히 흐르게 하는 움직임을 해 보았는데 여전히 저는 제가 움직일 때 낯설고 어색한 순간이 있지만 다른 사람의 팔이 함께 움직일 때 더욱 편해지는 경험을 하게 되었습니다. 그걸 어떻게 다시 반복할지가 요즘 자주 생각하는 거예요.

강주의 팔은 천천히 뻗어 나가고 강주보다 키가 작은 애리는 강주의 어깨에 고개를 기대며 천천히 강주의 팔을 따라 흐른다. 애리는 강주에 이어서 평소 움직임에 관심이 많아서 참여하게 되었는데 결석을 많이 하게 되어 아쉽다고 말한다. 다음에 참석하게 되면 결석 없이 나오겠다고 말하고 웃으며 인사했다. 그렇게 한 사람 한 사람 이야기가 이어지며 마지막 시간이 지나갔다. 애리와 강주는 이전처럼 커피를 사서 공원을 향해 걸었다.

저 얼마 전에 알렉스 같은 사람을 봤어요.
머리 긴 사람?

네. 근데 아니었을 것 같아요.

응. 알렉스는 이사를 갔거든요. 아니었을 것 같지만 근데 아 왠지 누구를 말하는지 알 것도 같아요.

워크샵을 나오지 않을 때 애리는 친구의 부탁으로 학원에서 일을 하게 되었다. 애리는 8월까지 하기로 한 그 일이 끝나면 부모님이 계시는 창원으로 가야겠다고 가볍게 마음을 먹고 있었다. 그러던 어느 주말에는 광주로 가게를 옮긴 영아 씨를 만나러 갔다. 애리는 이전처럼 영아 씨와 맥주를 마시고 말린 오징어를 먹고 웃고 이야기하다 나와 오랜만에 알렉스를 만났다. 애리와 알렉스는 함께 보드를 타며 알게 되었고 보드를 타는 사람들은 두 사람의 만남을 이상하게 여기지는 않았다. 이상하게 여기지 않았다기보다 대부분 알렉스보다 서너 살 많은 남자애들이었고 두 사람의 일에 무관심했다. 함께 타던 케이시라는 친구가 애리에게 어린애와 어울리지 말라고 경고한 뒤 아는 척도 하지 않기는 했다. 그렇다면 누가 두 사람의 어울림을 나쁘다고 말한 거지? 영아 씨와 보드를 함께 타던 서너 사람을 뺀 모든 사람들이. 두 사람이 함께 만날 때 그 시기는 6개월 남짓이었지만 애리는 알렉스의 집에 갔던 적이 있었다. 그때 문을 열자 이전에 만난 적 있던 다섯 살 일곱 살인 알렉스의 동생 승희와 우진이 애리에게 안겼다. 애리는 아이들과 함께 노래 부르고 춤을 추다가 사 온 김밥과 떡볶이를 나눠 먹었다.

  책을 읽어 주고 싶어.
  책이 없어.

  애리는 벽에 그려진 낙서를 보며 이건 누가 그린 것이냐고 물었다. 승희가 나! 했다. 애리는 책을 읽어 주는 대신 낙서로 짧은 이야기를 지어내서 말했다. 이 공주의 이름은 승희인데 승희에게는 애리라는 친구가 있었어요…… 웃으며 좋아하는 승희. 알렉스는 빨래를 세탁기에 돌리고 있었고 애리는 빨래가 돌아가는 소리를 들으며 승희를 끌어안은 채 집을 둘러보았다. 따뜻한 온기와 먼지가 구분되지 않고 떠다녔고 그것이 온기의 본질일지도 모르겠어요. 애리가 승희를 내려다보았을 때 알렉스를 포함한 방에 있는 모든 아이들이 자신을 허약하고 위태로운 오갈 곳 없는 사람으로 여기고 있다고 그 순간 애리는 분명하게 느낀다. 애리는 알렉스가 자신을 사랑하지 않고 사랑한 적이 없고 그보다는 안타까워하고 있음을 알아차리지만 동시에 그것이 자신이 바라고 원하는 애정의 형태이기도 하다는 걸 깨닫는다. 그러나 그런 판단을 하고 있는 어딘가 남아 있는 냉정한 자신의 목소리도 잘 들으려는 듯이 애리는 승희가 그린 그림에 귀를 대어 보고 그러면 승희가 웃으며 애리에게 안긴 채 나란히 벽에 귀를 댄다.

이건 뭐지?
나!
벽이야.
(승희 웃음)
벽!
나!

빨래는 돌아가고 애리는 베란다 벽에 기대어 노래를 부르는 알렉스를 본다. 그 순간은 그가 모두의 보호자처럼 보이고 그에 응하듯 그는 팔을 벌린다. 애리는 알렉스에게 안기고 애리의 등을 승희가 안는다. 바닥에 앉아서 놀고 있던 우진이 세 사람을 보며 웃는다. 아주 오래전에 자신이 알렉스보다도 어렸을 때 이런 시간이 자신에게 찾아왔었다는 것을 애리는 기억해 낸다. 그때 애리가 팔을 벌려 안았던 사람은 애리와 닮은 여자애였다. 여자애를 힘껏 안고 싶지만 남자애에게는 안기고 싶고 애리에게 그런 마음이 매번 새롭게 반복되고 애리는 그런 마음에 늘 응했고 그렇지만.

몇 개월 만에 광주에서 다시 알렉스를 만났을 때 그는 이전보다 지쳐 보였고 어깨를 덮던 장발은 짧아져 있었다. 알렉스는 광주에서 만난 다른 여자와 함께 살게 되었다고 말했다. 영아 씨가 작은 방에서 승희와 우진이와 자고 알렉스와 여자는 거실에서 잔다고 했다. 애리는 승희와 나란히 귀를 대 보던 낙서로 가득한 벽을 떠올린다. 애리는 직장을 구했다고 말을 했고 긴 팔을 뻗어 알렉스의 머리에 손을 갖다 댔다. 한참을 엄지손가락으로 이마를 문질렀고 알렉스는 애리의 행동을 피하지 않고 애리가 하는 것을 그대로 두고 본다. 애리는 팔을 거두고 알렉스는 잠시 후 일어나 또 광주에 놀러오라고 말했다. 알렉스와 헤어져 기차를 탄 애리가 서울에 도착했을 때 기차 창 너머 때늦은 눈이 흩날리고 있었다. 지하철을 타고 서울역에서 내린 애리는 천천히 눈을 따라 걸었다. 눈이 펑펑 내리다 어느새 서서히 멎어 가는 때 땅은 젖어 있고 가벼운 바람이 불고 오늘은 그렇게 춥지 않네 생각하고 있을 때 애리의 눈앞으로 앵무새가 지나갔다. 잘못 본 거라고 생각했는데 멀어지는 뒷모습을 한참 봐도 남자의 어깨 위에 있는 것은 하늘색 앵무새였다. 앵무새다 앵무새 생각하며 애리는 천천히 그 뒤를 따라 걸었다. 서울역에서 출발하는 기차가 이 근방을 지나가고 밤이 아니었다면 애리는 가만히 서서 기차가 지나는 것을 구경했을 것이다. 기차가 한 번 지나가고 잠시 뒤 기차의 접근을 알리는 댕댕 소리가 나고 다시 기차가 지나가고 그렇게 열 번쯤 기차가 지나는 것을 구경했을 것이다. 있잖아 나 앵무새를 봤어 이렇게 말하면 어떨까. 2월의 밤 눈은 가루처럼 흩날리고 칼라에 털이 달린 블루종을 입은 남자가 어깨에 하늘색 앵무새를 올린 채로 혹은 남자의 어깨에 앵무새가 올라간 채로 둘은 기찻길을 따라 사라져 가는데 이런 이야기를 숨기지 않고 하고 싶은 대로 솔직하게 이야기해 보면 어떨까.

나 앵무새를 봤어.
어디서?
기찻길 근처에서.

아무 일도 일어나지 않을 것이다. 아무 일도 일어나지 않는다는 것을 애리도 이제 잘 알고 있다. 하지만 누군가에게 눈을 맞으며 눈에 젖은 채로 알렉스에게 승희에게 나 앵무새를 봤어 말하면 어떨까. 왜인지 이제 그 집의 어떤 아이들도 애리를 크게 걱정하지 않을 것 같다. 애리도 불안해하지 않고 큰 문제없이 하루하루를 잘 살아가고 있다고 할 수 있었는데. 그러므로 있잖아 나 앵무새를 봤어. 하늘색 앵무새가 눈을 맞으며 이렇게 지나갔는데 너무나 추웠을 거야 그 이야기를 하면 아마도 알렉스는 그것을 침착하게 듣게 될 것이고 애리와 애리가 말하는 앵무새에 연루되어 앵무새가 지나가는 눈 오는 길에 눈이 그치고 다음 날이 되고 봄이 되고 여름이 되어 장마가 올 때까지 이곳에 서서 앵무새를 이해하게 될 것이다. 그것이 알렉스가 보여 준 듣기였다는 것을 애리는 그제야 설명할 수 있었고 애리는 이제 이곳에 서서 눈이 멎을 때까지 자신이 본 앵무새를 스스로에게 이해시키기 위해 연습하듯 말을 하기 시작했다.

작가의 말

책에는 이곳저곳이 나오는데 어디를 가 보면 좋을까. 누구에게는 을지로가 가까울 것이고 아오모리가 가까운 사람도 있을 것이다. 우선 나는 영릉에 가고 싶다. 영릉은 몇 년 전 한 번 가 본 것이 다이다. 그런데 영릉을 떠올리면 늘 다시 그곳에 있고 싶어진다. 4월인가 5월 초였고 날씨는 맑고 햇볕은 기분이 좋았다. 선명한 녹색들과 기분 좋은 흐름이 있었다. 다시 가 보면 그때는 같으면서도 다른 영릉이 있을 것이다. 그리고 다르면서도 그대로인 영릉도 있을 것이다. 영릉에 가야지.

2025년 여름

박솔뫼

수록 작품 발표 지면

「원준이와 정목이 영릉에서」, 《악스트》 33호, 2020.

「리처드 브라우티건 스파게티」, 『흰소설전』(소전서림, 2021).

「천사가 우리에게 나타날 때」, 『안으며 업힌』(곳간, 2022).

「극동의 여자 친구들」, 『극동의 여자 친구들』(위즈덤하우스, 2023).

「만나게 되면 알게 될 거야」, 《문학동네》 106호, 2021.

「아오모리에서」, 《릿터》 51호, 2024.

「스칸디나비아 클럽에서」, 《분게이(文藝)》, 2024, 가을호.

「투 오브 어스」, 《창작과비평》 199호, 2023.

영릉에서

1판 1쇄 펴냄	2025년 8월 29일
1판 2쇄 펴냄	2025년 10월 10일
지은이	박솔뫼
발행인	박근섭, 박상준
펴낸곳	(주)민음사
출판등록	1966. 5. 19. (제16-490호)
주소	서울시 강남구 도산대로1길 62 강남출판문화센터 5층 (06027)
대표전화	02-515-2000
팩시밀리	02-515-2007
	www.minumsa.com

ⓒ 박솔뫼, 2025. Printed in Seoul, Korea

ISBN 978-89-374-2279-9 03810

* 잘못 만들어진 책은 구입처에서 교환해 드립니다.